听见你的心声

中学

百花洲文艺出版社
BAIHUAZHOU LITERATURE AND ART PRESS

图书在版编目(CIP)数据

听见你的心声 / 中学著 . —南昌:百花洲文艺出版社, 2013.10(2018.12 重印)

(微阅读 1 +1 工程)

ISBN 978 -7 -5500 -0803 -8

Ⅰ. ①听… Ⅱ. ①中… Ⅲ. ①小小说—小说集—中国—当代 Ⅳ. ①I247.8

中国版本图书馆 CIP 数据核字(2013)第 252370 号

听见你的心声

中　学　著

出 版 人:姚雪雪
组稿编辑:陈永林
责任编辑:赵　霞
出　　版:百花洲文艺出版社
发行单位:全国新华书店
印　　刷:龙口市新华林文化发展有限公司
开　　本:700mm ×960mm　1/16
印　　张:12
版　　次:2014 年 2 月第 1 版
印　　次:2018 年 12 月第 3 次印刷
字　　数:128 千字
书　　号:ISBN 978 -7 -5500 -0803 -8
定　　价:29.80 元

赣版权登字:05 -2013 -358

邮购联系:0791 -86895108
网址:http://www.bhzwy.com

前 言

以“极短的篇幅包容极大的思想”，才能够以小胜大，经过读者的阅读，碰撞出思想的火花，震撼人的心灵。正因为这样，微型小说成为一种充满了幽默智慧、充满了空灵巧妙的独特文体。

如果说在二十一世纪的头一个十年，是互联网大大改变了我们的生活，那么在我们正在经历的第二个十年里，手机将更为巨大地改变我们的生活。如今，以智能手机为平台，正在构成一个巨大的阅读平台。一种新的阅读方式正不知不觉地走进大众的生活。一个新的名词就此产生，它便是“微阅读”。微阅读，是一种借短消息、网络和短文体生存的阅读方式。微阅读是阅读领域的快餐，口袋书、手机报、微博，都代表微阅读。等车时，习惯拿出手机看新闻；走路时，喜欢戴上耳机“听”小说；陪人逛街，看电子书打发等待的时间。如果有这些行为，那说明你已在不知不觉中成为“微阅读”的忠实执行者了。让我们对微型小说前景充满信心和期待的是，微型小说在微阅读的浪潮中担当着极为重要的“源头活水”。

肩负着繁荣中国微型小说创作、促进这一文体进一步健康发展的责任和使命，微型小说选刊杂志社推出了“微阅读1+1工程”系列丛书。这套书由一百个当代中国微型小说作家的个人自选集组成，是微型小说选刊杂志社的一项以“打造文体，推出作家，奉献精品”为目的的微型小说重点工程。相信这套书的出版，对于促进微型小说文体的进一步推广和传播，对于激励微型小说作家的创作热情，对于微型小说这一文体与新媒体的进一步结合，将有着极为重要的作用和意义。

编者

2014年9月

目　录

爸爸讲的故事多

爸爸喜欢讲故事。

儿子喜欢听故事。

爸爸给儿子讲了好多好多故事。故事里的事都深深地刻进了儿子的脑袋里。

爸爸给儿子讲《狼来了》的故事：

从前，有一个放羊的小男孩，他在一个离森林不远的地方放羊。村里人告诉他，如果放羊时有狼来吃羊，就喊救命，这样，大伙儿听到喊声就会来帮他把狼赶跑。

有一天，这个男孩想和村里人开个玩笑，他就一边往村跟前跑，一边拼命地喊："狼来了！狼来了……救命啊！狼来吃羊啦！"

善良的村民听到喊声，一个个放下手中的农活儿，拿着棍棒和锄头跑过来打狼。可是，他们上当了，并没有狼来。于是，大伙儿就回去忙自己的活儿了。这个放羊的男孩看着他们气喘吁吁的样子，乐得躺在地上直打滚儿。

放羊的孩子觉得这样撒谎很好玩儿。第二天，他又喊："狼来了！狼来了……救命啊！狼来吃羊啦！"大伙儿听到喊声，又跑来了，但是他们还是没有看到狼的影子，一个个只得摇着头回去了。

第三天，狼真的来了。狼闯进了羊群，开始咬羊。男孩害怕极了，他拼命大叫："狼来了！狼来了……救命啊！狼来吃羊啦！"大伙儿听到了喊声，但都以为他又在骗人，就没有人理睬他，更没有人去帮他。结果，狼不但咬伤了羊，还把那个放羊的孩子给吃了。

儿子听了一遍又一遍。儿子听着听着就听出了门道。儿子说，撒谎的孩子被狼吃——人应该诚实，是不是爸爸？爸爸就笑。爸爸摸着儿子的小脑瓜儿，说，好儿子。

爸爸又给儿子讲故事了。

爸爸给儿子讲的是《聪明的老鼠》：

有一只老鼠，刚钻出洞口就被一只白猫和一只黑猫同时逮住了。

白猫抓住了老鼠的尾巴，说："是我先捉住的，这只老鼠应该归我享用。"黑猫抓住了老鼠的脑袋，说："你没看见我摁住了鼠头吗？是我先击中了它的要害部位。"

两只猫争执不下，谁也不肯让谁。

老鼠大叫一声，说："别争了！反正我已经被你俩抓住了，谁吃都一样，但是为了不使你俩伤了和气，还是先放开我吧。我回到洞里，然后重新钻出来，你俩再抓，就能比出谁先抓到我了。"

两只猫同意了。它俩一左一右守在洞口。几个时辰过去了，可惜它俩连老鼠的影子也没见到。

儿子笑得前仰后合。儿子说，这两只猫可真傻呀，它俩被老鼠给骗了呀！爸爸笑着说，是老鼠聪明，它用计谋——没等爸爸说完，儿子又说，老鼠要是不说谎，它肯定会被猫吃掉的，是吧爸爸？爸爸脸上的笑容消失了。爸爸皱了皱眉头，说，儿子，老鼠没有说谎，老鼠那是聪明啊！

儿子也皱了皱眉头，说，老鼠明明说回到洞里再钻出来，可它进到洞里就没再出来，它说话不算数，这就是说谎。爸爸叹了口气，轻轻地拍着儿子的脑袋，没说话。儿子摇了摇头，把小脑瓜儿从爸爸的大手下挣脱出来，大声说，撒谎的老鼠被猫吃！

爸爸说，不会的，那是一只聪明的老鼠，不会再被猫抓住的，它会从别的洞口逃出去。

儿子说，别的洞口还会有猫等着它，因为它是一只撒谎的老鼠——撒谎的老鼠一定会被猫吃掉的！说完，儿子仰起脸，目光坚定地望着爸爸。

女孩的发型

欣欣的发型像万花筒，能变幻出千种花样，演绎出万种风情。

欣欣的发型是为后桌的良子设计的。

欣欣发现自己的头发长了后，就站在穿衣镜前，一边用手整理，一边想该如何处置这些毛毛。直到妈妈命令她去学习，欣欣也没想出个答案来。

第二天，欣欣随手抓过妈妈的一个束发带，将秀发向后一拢，松松地一系，便急忙向学校奔去。

课间操下楼时，良子悄悄塞给欣欣一张纸条。

欣欣将纸条攥在手里，便觉脸热，心跳明显加快。她赶紧把纸条装进衣袋。

回到教室，欣欣不敢看良子。

上课了，生物课。年轻的女教师红着脸在台上讲“兔子的生殖系统”。欣欣偷偷地打开纸条，只见上面写着“Good”。

欣欣好失望。没称呼、没问候语、没署名、没日期，这就是高才生良子的水平？

“What?”欣欣在“Good”下面写道。回手将纸条摁在良子的课桌上。

欣欣如释重负。不一会儿，一个纸团弹到欣欣的桌上。欣欣迅速地打开：你的发型，好看。

欣欣好高兴！欣欣听见自己的心在“扑通扑通”跳。

放学回到家，欣欣早早写完作业。吃罢晚饭，欣欣又站在穿衣镜前，轻声地哼着歌：“我是女生，漂亮的女生……”

“妈，你说我梳什么样的发型好看？”欣欣问妈妈。

“什么样都不用梳——把学习成绩提上去比什么都好看！”

“人家头发长了，想留起来嘛！”欣欣认真地看着妈妈。

“没用！一会儿妈领你去理发店，剪短它。”妈妈不假思索。

“不！我要留着。”

“快学习去，别在这些没用的事儿上浪费时间！”说着，妈妈一把夺过欣欣手中的束发带。

第二天，欣欣披散着头发来到学校。良子见了，摇摇头。

欣欣好难过。中午，欣欣跑到校门外的小卖部，买回一个橘红色的束发带。她将头发高高束起。

放学时，良子悄悄塞给欣欣一张纸条：Very good！欣欣手捧纸条，满脸笑容，人也立刻精神起来。到家前，欣欣把束发带取下来，塞进书包。

打那，欣欣天天提前十分钟上学。到校后，她先把头发梳起来。马尾巴、羊角辫儿、阴阳脸、造反派儿……变的是头上的发型，不变的是对美的追求。欣欣在变换发型的同时，学习的热情也比过去提高了许多。

一个月后的期中考试，欣欣的成绩前进了两名！

欣欣高高兴兴地把成绩单交给妈妈，妈妈脸上竟“晴转多云”。妈妈看一眼欣欣散乱的头发：“要把心思全用在学习上，听见没？才提高两名——别整天想些没用的事儿！”

“我没有……”欣欣争辩。

“你以为我不知道？”妈妈一把夺过欣欣的书包，熟练地翻出那个橘红色的束发带，“啪”地拍在写字桌上。

欣欣的泪水像断了线的珠子，扑簌簌落下。

母命难违。欣欣把头发剪了。

剪了头发的欣欣像个男孩。打那以后，她再也没收到良子的纸条。

期末考试，欣欣在班级里的名次后退了十名！

城里妹子乡下娃

放寒假了。乡下二姨家的明明要来，妈妈嘱咐聪聪，明明是你的表弟，家在农村，到咱家来就是客人，你这个当姐姐的可要有个样儿，凡事让着小弟点儿，明白吗？聪聪笑了，说放心吧妈咪！我都十岁了，小弟来了，我一准对他好。

明明是二姨送来的。虽然是头一回见面，但小姐儿俩一点儿也不生分，好得像一个人儿似的。晚上，妈妈领大家去吃自助餐。一人一个小火锅，好多好多的菜，明明都不知道吃什么好了。喝饮料时，聪聪拿起杯子问小弟，要可乐、雪碧、芬达，还是橙汁？明明愣愣地看着小姐儿，半晌才小声说，哪个便宜？聪聪没听清明明说什么，就自作主张一样儿接了半杯。明明尝了一口可乐，说有股药味儿，不好喝。又喝了一口雪碧，说还行，跟汽水一个味儿，夏天学校开运动会时，他喝过一瓶汽水，甜甜的，杀舌头，也是这个味儿。再喝芬达和橙汁，他吧嗒儿下嘴，没说话。

第二天，二姨回乡下了。小姐儿领着明明去逛街，走到商务大厦前的广场上，明明停下脚步，仰着脖子向上看。聪聪见小弟在看天，也跟着向上看，可天上什么都没有。她问明明看什么，明明说，我查查这大楼有多少层，你一打岔白查了，还得重查。聪聪一把拉起小弟就向商厦跑去。她不明白，大冷的天，小弟查楼层干什么呢？

进了超市，聪聪推着小货车，看见喜欢吃的就往车上装，还一个劲儿问小弟喜欢吃什么。明明什么也不说，只是东张西望。逛了半个多小时，购货车快装满了，没有一样儿是明明选的。聪聪觉得小弟有些怪。

后来去游乐场，那里有好多小朋友在跳蹦床。聪聪买了两张蹦床票，可明明一上蹦床腿就不好使，连站都站不稳，一下没蹦就下来了。她是陪小弟来玩儿的，小弟不玩儿了，还有什么意思呢？

明明也觉得没意思，他只在大姨家待了三天，就回乡下了。

明明走后，聪聪常常想起他。她不知道乡下到底是什么样，但是她想：小弟应该经常到城里来开开眼界。

放暑假了，城里大姨家的表姐聪聪要来。明明好开心呀！去年寒假他在大姨家待了三天，虽然觉得没意思，但小姐儿对他很好，天天给他买好吃的，他很喜欢这个表姐。

聪聪来那天，明明跑前跑后，兴奋得小脸儿通红。见妈妈和大姨聊得正欢，他说要带小姐儿去抓蝈蝈，被妈妈给吆喝住了。妈妈说，你小姐儿大老远来的，不让歇歇？

明明可不能歇。他一会儿进园子给小姐儿摘黄瓜，一会儿又爬到树上给小姐儿摘李子。明明摘黄瓜时，聪聪就站在障子外边静静地看着。明明摘下两根黄瓜，递给聪聪一根大的，说小姐儿你吃。边说边把手里的黄瓜在衣襟上蹭两下，一口咬下一大块，"咔咔"地嚼了起来。聪聪说，小弟别吃呀，还没洗呢。明明说不埋汰，不用洗，小姐儿你吃呀。聪聪摇了摇头，她在家吃黄瓜得先用刷子刷干净，再用清水冲一会儿才能吃。她觉得小弟太不讲卫生了。

看到明明从树上跳下来，把刚摘下的李子塞进嘴里，腮帮子一鼓一鼓地嚼着，聪聪的胃里就泛酸，想呕吐。她不明白，超市里的李子全是大大的、黄黄的，也有紫红或紫黑的，小弟家的李子怎么都是小小的、绿绿的呢？聪聪问明明，明明只是笑，不说话。

那天早饭后，明明带聪聪到村外去抓蝈蝈。

看到草甸子，聪聪脑袋里忽然闪出一个词——绿草如茵。她第一次看到这么绿的草，第一次看到这么蓝的天。天空像用水洗过了似的，这种颜色就是老师说的"蔚蓝色"吧？她看到草地上开着各式各样的小花，还有各式各样翩翩飞舞的蝴蝶。天哪！蝈蝈也是什么样的都有，还有咖啡色的呢！明明说，拉倒吧你，哪来的咖啡，那叫"火蝈蝈"。明明又说，小姐儿你真傻，连这都不知道，绿色的叫"绿豆蝈蝈"，知道不？聪聪摇头，不知道。

路过麦地时，聪聪问明明，麦子长到秋天就变成大米了吧？明明又说了句"小姐儿你真傻"。聪聪认真地问，我说错了吗？明明郑重其事地告诉她，这是小麦，不是水稻——小麦是用来磨面粉的——小姐儿你咋连这个都不知道呀？一阵风吹来，"看！麦浪。"明明大喊一声，一脸的自豪。聪聪放眼望去，绿绿的，一波又一波，好美的麦浪耶！聪聪想：大海里的波浪哪能和麦浪相比呢？

那天，小姐儿俩回家后，妈妈把明明大骂了一顿，原因是他没照顾好小姐儿——聪聪的脚上磨起了水泡。

明明不明白，小姐儿比他大两岁，懂得的知识一点儿也不比他多；他更不明白，只走了那么点儿路，小姐儿的脚怎么就磨坏了呢？他想：小姐儿真应该好好锻炼锻炼，更应该经常到乡下来开开眼界！

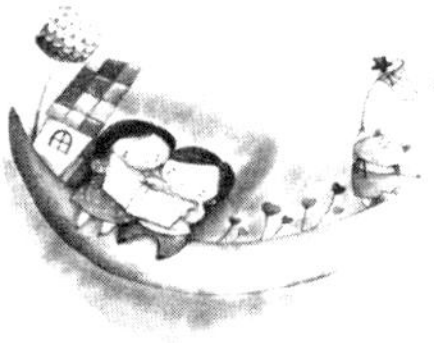

那张课桌

盈盈坐在临窗的课桌上，无聊地翻着书。抬头望望窗外，久违的月亮挂在当空。教室窗户劣质的玻璃将月亮的边缘折射得一塌糊涂，圆圆的月亮竟变得奇形怪状。

上大学快一年了，辅导员见到盈盈时居然还问她是哪个系的。同寝室的姐儿们也很少和盈盈说话。

盈盈文笔好，文章清新、自然、朴实，只是她自卑，很少将自己的文章拿给别人看，更不敢投给报刊发表。

看看教室里的同学，大家都在认真上自习。盈盈低下头，看到课桌上有许多人的信笔涂鸦。盈盈懒得看那些文字，无聊！这样想着，她便随手写下了“无聊”两个字，索性又在后面加上一句：既然全世界都抛弃了我，我是不是也该放弃？

放弃！盈盈合上书本，收拾好背包，快步走出教室。

甬路两侧垂柳轻摇，月影婆娑。在有着圆月的夜晚，好像每个人都有一份好心情，然而盈盈依旧像往常一样，低着头，快步向宿舍奔去。

室友们正在讨论一部热播的电视剧，大家都在为女主人公应该嫁给谁争论不休。盈盈的到来并没有影响大家的兴致，因为她从来不和室友一起去活动室看电视，总是喜欢一个人待在寝室，或者到教室去上自习。

又一个月圆的晚上，盈盈又到她去过的那个教室上自习，她仍坐在临窗的那张课桌上。她刚把书放在课桌上，突然发现上次写的字还在，只是下面多了一行：即使全世界都抛弃了你，你也不应该放弃你自己！

盈盈突然有了莫名的感动，竟然有人注意到自己随手写在课桌上的字，而且回了话。盈盈反复端详着，那刚劲的行书，一定是个男生的笔迹。想到这，盈盈的心情居然好起来。她翻开书，但仍是看不进去。极少与人交流的盈盈突发奇想：在课桌上留字交流也是一种不错的方式啊！

盈盈拿起笔，在那行刚劲的行书下面写道：我也不想放弃，可我真的不知道自己还有什么事情可以做好。我没有朋友，从来就没有人注意过我。你可以做我的朋友吗？

此后的日子，盈盈几乎每个星期都要到那个教室上两次晚自习，而且都是坐在那张课桌上。让她开心的是，每次她都能看到那熟悉的字体。那饱含真情的话语，给了盈盈自信和力量。应该算是一个朋友吧？盈盈这样想着，自己也有一个朋友了。好开心啊！

一次，盈盈在那张课桌上看到一个手机号码，从“我的手机号码是”这几个字的字体就可以看出，是那个“朋友”留的。盈盈好失望，只留了号码，别的什么都没写。盈盈小心地把号码存在手机里，反复核对后，才长长地吁了口气。

打那，盈盈再也没有看到“留言”。盈盈几次想拨打那个手机号码，但又一次次放弃了。

一天，盈盈在课桌上写道：为什么不给我留言了呢？

很快，新的留言出现了：你是个优秀的女孩！为什么那么不自信呢？我知道你是谁，你的文章写得很好，如果投稿，一定会发表的；你要相信自己。我一直等着你打电话给我……我想告诉你一个小秘密：我喜欢你！

盈盈的脸火辣辣的。她从来没有想过投稿，也不敢奢望自己的文字会发表，就更别提自己会被人喜欢了。现在不同了，现在有人欣赏自己了，有人说自己的文章好了……还有，有人说喜欢自己啦！盈盈好幸福。

回宿舍的路上，盈盈第一次慢慢地走。她要享受晚风轻拂面庞的美妙感觉！走进宿舍，盈盈破天荒地和室友聊起最近看过的一部小说。大家惊奇地发现，盈盈说起话来竟然口若悬河妙语连珠。

第二天，盈盈昂首挺胸地走在通往教室的路上。那个人知道我是谁，也许他正看着我呢。盈盈对每个迎面走来的人微笑，别人也回赠她同样的微笑。

盈盈变了，盈盈有了好多朋友。

不知不觉中，盈盈已好久没去那个教室上自习了。她甚至忘了那张曾经用来与人交流的课桌了。

快到期末的一天，盈盈收到一家期刊社寄来的稿件采用通知。盈盈手捧那封信，又一次跑到那个教室。她要把自己稿件发表的消息告诉那个未曾谋面的朋友。

走到教室门口，正好撞上清洁工从教室里出来。盈盈大步冲进教室——教室里所有课桌都变得干干净净，桌面上还散发着淡淡的水汽。

盈盈呆呆地愣在教室门口。忽然，她想起那个手机号码，急忙从包里拿出手机：拨号，发送——

“对不起，您所呼叫的用户已停机。Sorry……”

期末考试结束后，盈盈各科成绩都是“优”。她悄悄走进那个教室，找到那张熟悉的课桌，在上面工工整整地写下两个字：谢谢！

香甜的玉米

那天傍晚，我在自由市场买完菜刚要走，刘悦悦叫住了我：“阿姨，您明天还来吗?”我说是呀，我天天都来买菜。我问她有什么事，她神秘地笑笑，说等你明天来时我再告诉你。

今年春季的一天下午，也是在这个市场，那天我买了几条冷冻的带鱼，急匆匆地往家走。带鱼坚硬的头刺破了塑料袋，掉出去一条，我全然不知。突然，一个小姑娘喊住了我：“阿姨，鱼掉了!”我回头一看，一个小姑娘手里拿着一条带鱼正冲着我笑呢。小姑娘八九岁的样子，个头儿不高，穿着一身脏兮兮的衣服，脚上穿着一双露出了脚趾的布鞋。我说谢谢你，既然你捡到了，就给你吧。她歪着脑袋看着我，说这是你丢的东西，我怎么可以留下呢？妈妈会说我的。我见她一副天真的样子，就问她叫什么名字，她说叫刘悦悦。我说你怎么没上学呀？这个时间应该是在学校的呀！她说她要帮妈妈卖菜。说完，就跑到一个卖白菜和土豆的女人身边，唧唧喳喳说着什么。

我来到她们的摊位前买了三斤土豆。我平时买菜是很挑剔的，那天，我连挑都没挑，边往秤盘上拣土豆，边和女主人搭讪。原来，刘悦悦的爸爸在外地打工，奶奶长年有病，为给奶奶治病，家里借了不少外债，悦悦快十岁了，家里却没让她上学。

那天回家后，我把女儿穿过的衣服、鞋袜，还有用过的书包和学习用具整理出一大包，送给了她们母女。后来我买菜时，只要她们在菜市场，只要她们摊儿上有我要买的菜，我就会在她们那儿买。就这样，我和刘悦悦母女成了朋友。

第二天，我一走进市场，刘悦悦远远地就喊我。我来到摊位前，她兴奋地告诉我：“阿姨，我要上学啦！妈妈说学校不要学费了，这回开学我就可以去上学啦！不过，我再也不能帮妈妈卖菜了。”停了停她又说：

“听说踏着露水掰的玉米烀出来特别香，今天早上，我掰了些玉米，”说着，她从摊床下捧出一个用旧衣服裹得严严实实的大包袱，“早上新烀的，给！谢谢阿姨对我的关心！”说着，还郑重其事地给我鞠了个躬。我忙蹲下身子，扶住她。

她妈妈告诉我，悦悦天不亮就爬起来上地里去掰玉米了，妈妈让她天亮了再去，她不肯，说玉米得多烀一会儿才香甜，而且非要今天亲手把烀好的玉米送给阿姨。

我接过那包沉甸甸的玉米，紧紧地抱在胸前，还热着呢。低头闻闻，一股熟玉米的清香直入心脾。那一刻，我被深深地感动了，泪水差点儿流出来。

小小的一个人儿，竟有一颗感恩的心，这多么难能可贵啊！

女儿买包

高考成绩公布后，我女儿岩岩的分数竟然比估分高出了39分，高出重点大学最低录取线55分。

大功告成，我和夫人想让岩岩好好休息休息，可她却非要去打工，说是“体验”生活。我和夫人拗不过她，只好同意了。

岩岩在市区里跑了大半天，才被一家名叫“德克士”的快餐厅留用：每天工作六小时，每小时工钱两元。第一天下来，她的脚底就起了水泡。下班后，岩岩说她本想坐三轮车回家的，因为她以前上下学时总坐车，虽说基本上不打出租车，但是也很少坐三轮车，一般都是坐公交车。可是，坐三轮车从“德克士”到家要花两元钱，岩岩说她舍不得，她说，这要我不停地干一个小时呀。她忍着脚疼，一步一步走着回到了家。

接到西南政法大学的录取通知书后，马上要做上学的准备，岩岩只好“辞职”了。她拿到工钱后，一路小跑回到家……喜悦的心情全都写在了脸上。

岩岩说要买个旅行包。要是以前，我和夫人肯定会代劳的。现在不同了，她就要到重庆上学了，而且还有了“打工”的经历，让她自己锻炼一下吧。可是，她转了一上午，回来时却两手空空。

“没有看中的吗?”夫人不解地问。

“不是，”岩岩说，“我看中了一个包，可是老板没在，店员是个打工的，她说做不了主——明天我再去看看。”原来，岩岩选中一款标价为380元的旅行包。卖货的小姑娘年龄与我女儿相仿，知道我女儿是上大学用，就在砍价时一让再让，最后决定以200元成交，可是小姑娘说老板要求不能低于238元。我女儿担心她卖低了会被老板炒掉，就说好等第二天老板在时再去买。

第二天岩岩来到那家商场时，老板果然在。经讨价还价，最后以220

元成交了。老板说是按进价卖的，连运费都没加。

岩岩回家向我们说起这事时显得很高兴。她说："多亏我昨天没买回来，要不，那个小姑娘非挨骂不可。"夫人刚要责怪女儿，被我制止了。

如果单纯从金钱的层面上考虑，我当然希望女儿花200元买下那个箱包，而不是花220元，但是，更让我欣慰的是，我发现女儿有一颗正直、宽厚、善良，能为别人着想的心。这是金钱能买来的吗?

我们的爱情

阿美和大勇之间的这种感情也许还不能称为爱情，但阿美和大勇认为是。阿美和大勇说，这就是我们的爱情。

阿美和大勇是同班同学。

自打升入这所重点高中，阿美的成绩就一直没出过全年级前十名。

老师说，清华、北大阿美随便选。

大勇说，阿美肯定上不了清华。

那为啥？大勇的死党老猫问。

大勇说，自古清华无美女。我听人说，清华的女生丑。

哈哈哈！老猫大声笑，你是说阿美不丑喽。

岂止是不丑——阿美是咱班的班花儿。

得得得，情人眼里出西施。老猫不服。老猫喜欢班里另一名女生，但恐怕除了老猫自己，连那个女生都不知晓。

春暖花开。学校组织远足活动，徒步到博物馆参观。不知是联络人员工作的失误，还是参观的人太多，到了博物馆，却要原地待命。

老猫提议玩扑克。

“Yeah！”阿美伸出右手的食指和中指跳了起来，第一个响应。

三个男孩和阿美坐在树荫下，他们玩的是一种叫做“五十 K”的游戏。一旦有人出光手里的牌，游戏即告结束，此时，谁手里剩的牌多，谁就是输家——输一张，打一个手板；超过五张时，每增加一张，外加一个“脑嘣儿”。

第一把阿美就输了，输了三张。

赢家大勇应该兑现奖惩了。

把手伸出来吧？老猫幸灾乐祸。

伸就伸，有什么了不起的。阿美伸出手。大勇象征性地在阿美的手上轻轻地拍了三下。

太轻了，不算。老猫不依不饶。

本来就没规定多轻多重嘛。阿美说，下把我赢了非使劲儿打你！阿美说完，白了老猫一眼。老猫嘻嘻笑。

抓牌，出牌。

大勇怕阿美输，但阿美的牌技实在太糟。

两轮牌出完，大勇只剩下一套“五十K”了。他随时可以“扛旗”获胜，但他想等阿美，他不愿阿美再输。谁知这时老猫出了一套“龙”，无奈大勇只好出牌了。

大勇又赢了。

阿美又输了。

这次阿美输得好惨，一把牌只出去两张。

大勇要打阿美十一个手板，外加六个“脑嘣儿”。

十一个手板打完了，打得阿美的手心麻麻的。这种感觉很奇特，阿美想，输牌的感觉真好。只要是大勇赢，下把还输。

弹“脑嘣儿”出了麻烦。

大勇将右手的中指缩回，用大拇指按住，其余三个手指伸直，并拉开架势，将右手送到嘴前“哈”了一下。阿美的心“嘣嘣”地跳。她索性闭上眼睛，她相信大勇不会真的用力。

大勇要弹啦！

大勇把手伸过去。大勇第一次这么近距离地看阿美——阿美真的好美哟！阿美双目微闭，等着让大勇弹脑门儿。大勇的手僵住了，他忽然想到一部电视剧上的情景——剧中那个等待男朋友初吻的女孩子就是阿美现在这个样子。

弹呀，弹呀！老猫在催。

起立！准备入场……班长大声喊着。

感谢班长！大勇长出一口气。阿美却忽然有一种意犹未尽的感觉。这感觉叫阿美脸热，她甚至怀疑自己心理不健康。

参观结束后，还要面对冰冷的书本。面对冰冷的书本，自然就少了许多闲情与浪漫。

每每阿美和大勇的目光相撞时，彼此就有一种异样的感觉。

夏日炎炎。下午上课总会有一些同学打盹儿。老师偶尔会讲一两句笑话，以调节课堂上的气氛。大家笑时，阿美和大勇也笑。笑着的阿美和大勇就下意识地对视一下。阿美从大勇的目光中捕捉到了友好，大勇从阿美的目光中破译出了鼓励。

大勇以前上课也常犯困。他用手拧自己的大腿，不管用。自打参观回来，大勇学习的劲头儿足了，上课时再也没犯困。

老师为大勇的进步高兴。老师表扬了大勇。老师表扬大勇时，大勇笑了。笑了的大勇又下意识地看一眼阿美，正巧阿美也笑着把目光看过来。两人的目光相撞时，大勇从阿美的目光中看到了赞赏，阿美从大勇的目光中读出了幸福。

不久，班里传出了“绯闻”，说大勇和阿美恋爱了。

消息是私下传的，但是传得飞快。

班主任王老师找了大勇，又找了阿美。

王老师刚从师大毕业两年，据说她毕业时南方有一家海滨城市年薪八万与她签约她都没去。王老师和男朋友回到了县城。

王老师组织召开一次班会，班会的主题是“我们的爱情”。

性格内向的大勇第一次登上讲台，他是牵着另一名成绩进步最快的同学——阿美的手健步走上讲台的。

大勇和阿美为大家朗诵一首小诗——《我们的爱情》。

在理查德·克莱德曼悠扬的钢琴曲的伴奏下，大勇和阿美的声音好响亮：

十六岁，我们还未成年
在放弃一切只有学习的日子里
没有什么能带给我们快乐或忧伤的回忆
……
无需花前月下的海誓山盟
不要成人式的卿卿我我
每天，我们手牵着手
一起上学一起放学
我们彼此鼓励

为了明天

也为了我们的爱情

积极进取，努力学习

……

“哗——”雷鸣般的掌声骤然响起，这掌声在教室里，在校园内，久久回荡。

新书包旧书包

妈妈是在女儿的书包里发现纸条儿的，那是半张印着浅粉色蝴蝶图案的信纸。妈妈捏着信纸，怎么也控制不住自己的手，抖啊抖，抖个不停。

老婆：

你今天的发型好漂亮好可爱耶！老婆老婆我爱你，就像老鼠爱大米。

你的老公：LY

嘻嘻！谢谢啦！那明天我还给你梳这个发型，好吗？王子，我也爱你，就像农民爱大粪！

你的老母：ZML

老婆：

放学后在老地方等我。Kiss you！

你的老公：LY

妈妈眼前一黑，险些摔倒。她瞥一眼床上的女儿，女儿睡得很沉。妈妈轻轻地关了灯，退出女儿的房间。回到自己屋，妈妈擦了擦溢出泪花的双眼，又看那半页信纸，这次她看清了，中间那段话是女儿写的，“ZML”不正是女儿“甄美丽”的拼音字头吗？妈妈不懂英语，但拼音还是学过的。那“LY”是谁呢？还有“Kiss you”是什么意思呢？

妈妈找出女儿月考时的班级大榜，查找“LY”。她找到一个叫“李勇”的，还有一个叫“刘越”的，还有一个叫“梁野”的，还有一个叫“林阳”的，还有一个叫“冷怡”的。这五个名字的字头都是“LY”，从名字上看，李勇肯定是男孩，冷怡应该是女孩，刘越、梁野和林阳可就看不出是男是女了。这个“LY”到底是哪一个呢？

不知过了多久，妈妈觉得心里平静了，这才小心地推开女儿的屋门，悄悄地把折好的信纸按原样放回女儿的书包。

妈妈文化水平不高，平时也不看书。自打丈夫病故，她就一心一意地供女儿上学，宁可自己吃苦受累，也绝不让女儿受半点儿委屈。可她万万没想到，女儿居然这样不争气。天哪！“老婆”、“老公”，白纸黑字儿的，这孩子疯了不成！

可怜的妈妈还蒙在鼓里呢。近来，女儿学习成绩下降了，天天早晨宁可不吃饭，也要照着镜子认真地梳头。这一切的一切，都是有原因的呀！

原因找到了，下一步怎么办？

死鬼！两眼一闭，自己走了，把个不争气的孩子扔给我一个人，你叫我怎么办呀？妈妈抹起了眼泪。

妈妈决定了，打，往死里打！看她还敢不敢。可她下得了手吗？女儿是她的心头肉呀！她向丈夫保证过，一定要对女儿好，一定要把女儿培养成人。电视里说过，打不是教育孩子的办法。那该怎么办呢？

妈妈心乱如麻，坐卧不安。眼看十二点了，妈妈劳累了一天，竟毫无睡意。睡不着，又待不住，她就开始收拾屋子。白天当钟点工，光收拾别人家的屋子了，自己的家乱得不成样子了。

收拾衣柜时，妈妈看到了女儿上小学时用过的书包：浅蓝色防水布的面儿，上面印着一只米老鼠。当时，为要这个书包，女儿还哭了鼻子呢。过生日那天，看到爸爸买回书包时，女儿乐得连蹦带跳，直喊“老爸万岁”。

妈妈捧着这个旧书包，心里暗暗打定了主意。

天亮后，妈妈做好了饭菜，叫女儿起床。

和往常一样，女儿洗完脸，就对着镜子认真地梳头，边梳头边唱：“爱是你我，用心交织着生活，爱是你和我……”

女儿吃完饭，找不到书包了。

“在沙发上！”妈妈指着那个旧书包说，“用这个吧，书本我都给你装里了。”

“妈！”女儿刚喊一声妈，这才注意到，妈妈的眼睛是红肿的，眼里已经噙满了泪水。“妈，你……”

"孩子，用这个书包吧。"妈妈严肃地说。

女儿怔怔地看着妈妈，怯怯地问："妈，你怎么啦？"

妈妈擦了擦眼睛，笑了，说："没什么，背上这个书包走吧，一会儿迟到了。"

"妈，我那个黑书包呢？背这个破书包还不叫同学笑掉大牙呀！"

妈妈说："怎么成了破书包了？你上小学时，可是喜欢得不得了呀！"

"那时我不是小嘛——现在我大了，哪能背这样的书包呢？"

妈妈拉起女儿的手，说："孩子，你现在用的那个新书包，一定觉得很漂亮，也很喜欢，是吧？"

女儿点头。

妈妈接着说："上了大学后，你还会用那个黑书包吗？"

女儿不明白妈妈的意思，没说话。妈妈意味深长地说："孩子呀，到那时候，你肯定会选更新的书包啦！"妈妈边说，边抚摸着女儿的头发，女儿的头发黑黑的，柔柔的。"孩子，你知道吗？"妈妈动情地说，"你现在的任务就是学习，千万不能分心呀——书包旧了，不喜欢了，可以扔掉，再换新的；可有些事儿呀，妈得告诉你，你还小啊孩子，你可得谨慎啦，一步走错，再想回来，可就难了呀！"

女儿扑到妈妈怀里，哭着说："妈妈！对不起，女儿让你操心了……"哭了一会儿，女儿抬起头，擦干了眼泪，说："妈，你放心吧，我知道该怎么做了！"

妈妈把女儿拉到怀里，母女俩紧紧地拥抱在一起。

补 习

女儿刚上小学三年级时，我就想给她找个补习班。

那次学校开家长会，班主任对我说："你家桐桐不会写作文呀，是不是给她找个补习班呀？"我说："现在开作文补习班的太多了，不知道哪一个好……"班主任热情地给我推荐一个叫"速成"的作文班。

开完家长会回到单位，我和同事说起班主任让我给女儿找作文班的事。小王说："还用找呀？咱单位老刘的爱人许老师不就在家补习作文吗？人家是退休教师，她辅导学生用的是自己在《小学生作文报》上发表过的指导文章……"大张也说："这两年，许老师辅导的学生在县里组织的作文大赛中，有好几个获奖的呢，还有不少在报纸、杂志上发表作文的呢；我家孩子就是在许老师那补习作文……"

几个同事你一言我一语，纷纷向我介绍起许老师的教学成果来。

人熟为宝啊，我决定让女儿去许老师那儿补习。

一晃半年过去了，每次向许老师问起女儿的作文情况，她都说"进步很快"，还说桐桐有一篇作文马上就要在《小作家》上发表了。我也觉得女儿的语言表达能力有了提高，写作文也不发愁了。可是，女儿在学校每次考试的作文成绩却一直不好。前些天班主任还向我反映，说桐桐的作文水平大不如前了，让我抓紧想办法。这是怎么回事呢？我一头雾水。

暑假前最后一次家长会，我和一位家长说起了心中的困惑。那位家长小声问我："是在'速成'那补的吗？"我说不是。她神秘地说："这就对了——你孩子没上班主任推荐的作文班去补习，考试成绩还好得了？"见我不解，她悄悄告诉我："班主任推荐的补习班是有回扣的，你的孩子不去她推荐的补习班，她就会说你的孩子不如以前了。"

"怎么会这样？"我不敢相信。

“怎么不会？我儿子倒是去了她推荐的补习班，我家那个淘小子谁不知道，就知道玩儿，根本不学习——你看看这卷子。”我拿过她儿子的试卷一看，作文写得像天书似的，内容也没条理，可上面却有个鲜红鲜红的“优”字。

1960 年的肉包子

我喜欢吃肉包子并不是受我爸的影响。

我喜欢吃肉包子的习惯是20年前在天津上大学时养成的。当时，我们宿舍里八个姐妹顶数我和肉包子最亲。那时候，学校食堂的主食大多是粗粮，像什么窝窝头、高粱米饭、糊糊粥之类的，偶尔也有细粮，除了糖饼、油条，就是肉包子了。

食堂里的肉包子虽然比不上外面饭店的“狗不理”好吃，但也是难得的美食，馅儿不大，纯肉的，咬一口直冒油儿。偶尔吃上一顿，那个香啊，多少天心里都滋润。

真正吃上饭店里的“狗不理”包子，是在我和大勇处了对象以后。大勇知道我喜欢吃肉包子，星期天就领我到外面去改善生活，专吃“狗不理”包子。我俩常去的那家饭店，包子做得正宗，很香。

大勇是我的同班同学，也是现在我家“孩子他爸”。结婚后我才知道，那时为了让我每星期吃上一顿肉包子，大勇从星期一到星期六天天都要勒紧裤带。

大四那年寒假，我领大勇回家，让我爸我妈看看。大勇紧张得不行，期末试都没考好，整天犯愁带什么见面礼儿。一个穷学生，能带什么呢？我就给他出主意——带肉包子。大勇说，可别成了肉包子打狗呀！我就拿拳头打他，我说你拿我爸我妈当狗呀？他说不是，他是觉得用包子当礼品太轻，怕我爸我妈不高兴。我说，那你就给我爸买一块进口手表吧，瑞士的最好，日本的也行。那年头儿，进口手表俏得很，一般人儿买不起。我说，再给我妈买一对儿金“镏子”吧。我这样说，就是想难为难为他。大勇叹了口气，说哪有那么多钱呀？我说这不结了，让你买肉包子，你就买肉包子得了，保准儿错不了。

火车离我家越来越近了，大勇坐不住了，他总是提心吊胆，生怕肉包子过不了关。见他可怜巴巴的样子，我给他讲了“1960年的肉包子”的故事。

我学着我爸的腔调，慢声细语地讲了起来：1960年，那时候还没有你呢。大勇笑了，说老妹儿，你装啥装，没有我更没有你，我比你还大一岁呢知道不？我说你别打岔，我是学我爸呢，你就听着得了。

我接着讲：1960年，那时候还没有你呢。讲到这儿，我看大勇一眼，他点了点头，聚精会神的样子。我想，这还差不多。

我继续往下讲：那年过年，我就是想要吃肉，已经一年多没沾过肉星儿了，馋哪。可是哪来的肉呢？全屯子也找不到一家杀猪宰羊的，连鸡鸭鹅都死绝了，人没饿死就算烧高香了。我爹，就是你爷爷，说老儿子要吃肉，爹就让你吃上肉。你奶奶说，疯了吧你？上哪淘换肉去！其实，我也就是随便说说，也没指望能吃上肉。年三十儿那天后晌，我妈，就是你奶奶，真的蒸上肉包子啦！我从外面回来一进院儿，就闻到一股肉味儿！进屋一看，热气腾腾的，那个香呀！我张大嘴巴，大口大口地吸着，真好闻哪！我不停地吞着口水，肚子里的馋虫一个劲儿往上爬，压都压不住……那包子是冻白菜和大葱馅儿的，我一口气儿吃了八个。肉不多，但是有味儿，香。唉！我从来没吃过那么香的肉包子。

见我不往下讲了，大勇一脸疑惑地问：到底是哪来的肉呢？

是呀，我第一次听这个故事时也是这么问我爸的。我爸说，当时，我家屋子里有一窝耗子——知道什么叫耗子吗？我问大勇。大勇说知道，不就是老鼠嘛。我说对。

大勇瞪大了眼睛问，你是说，你爸吃的是……是老鼠肉馅儿的包子？

咋啦？你也想吃呀？

我的妈呀！大勇说，那……那能吃吗？

我爸说了，如果他要是事先知道是耗子肉，可能也得犯寻思。他吃之前并不知道是什么肉，闻着香，吃着更香。我爸每次给我讲这个故事时，最后总是这样说：1960年的肉包子，真香啊！

大勇叹了口气说，那个年代，真苦啊！不过这回我心里有底儿了，咱拿的包子你爸肯定会喜欢的。

到家后，我爸我妈见了大勇，很满意，还一个劲儿夸我有眼光。后来，吃了我们带回去的“狗不理”包子，我爸边吃边点头，说好吃好吃。

大勇走后，我和我爸说起“狗不理”时，我爸说，好吃是好吃，可还是没有1960年的肉包子香哟!

时间过得多快，如今我都当妈妈了。那天，我给喜欢吃“肯德基”的儿子讲我童年时的事儿，我说，我上小学那时候，家里穷，哪像现在有的是大米、白面和肉蛋奶吃呀？儿子瞪大了眼睛问我，那你吃什么呀？我说，苞米面儿糊糊、高粱米饭、土豆白菜、白菜土豆，一天只吃两顿饭，饿了就嚼几把苞米花儿。没等我说完，儿子就兴奋地说：“妈妈，你好幸福耶!”

“1960年的肉包子”的故事几次来到嘴边都被我咽下了。这个故事，我一直没敢给儿子讲。

秀 发

穆云风摆杨柳地走在喧哗的大街上。她今天是精心地打扮了一番的，一身合体的淡蓝色套裙，银灰色的遮阳伞恰到好处地罩着她那头瀑布样的秀发，真皮凉鞋韵律十足地敲打着马路。此刻，香秀正在“水云间”等她呢。

穆云和香秀是大学同窗。毕业后，她俩一起到这座北方小城打拼。由于平时忙，难得一聚。

终于要见面了！穆云伸手拢了拢头发，加快了脚步。

上大学时，穆云非常羡慕香秀那头乌黑的秀发。她想不明白：人家香秀的头发是怎么长的呢？又粗又黑，又密又长。望着香秀的背影，穆云想到了奶奶家菜园子里的韭菜，割了一茬，几天工夫就又热热闹闹地长了起来，茁茁壮壮的，喜死个人儿！

那年夏天在游泳馆里，穆云第一次看见香秀的胳膊腿儿时，瞪大了眼睛，她没想到香秀的四肢会那么光滑，那么细腻，不细看，还以为没长汗毛呢！再看看自己，汗毛重得像个毛孩儿，平时都不好意思穿裙子。体毛重也就罢了，偏偏头发少，稀稀拉拉的，能数得过来，而且发梢开叉，枯焦干黄，可怜兮兮的。她常常对着镜子抱怨：该长的地方不长，不该长的地方偏长。

穆云向香秀取经。哎，你的头发咋长那么壮呢？香秀不明白，问，壮是什么意思呀？好呗，穆云说，你的头发长得多好，羡慕死我了。香秀说，拉倒吧你，好什么好呀，烦死我了，夏天像戴着帽子似的，贼热，遭罪死了。香秀又说，你的头发多好呀，不用软化就服帖，哪像我，怒发冲冠的，难看死了。香秀还说，你的头发想怎么梳就怎么梳，帅哥一看你的头发就会喜欢上你；哪像我，本来挺随和的性格，却偏偏长着桀骜不驯的头发，我恨不得剪了它。

穆云知道，香秀这是安慰她，再怎么说，也是香秀的头发好——黑黑亮亮，瀑布似的——那才叫“秀发”呢。

参加工作后，想头发的时间越来越少了，每当有场合的时候，穆云才会格外留意自己可怜巴巴的头发。她想，凭她高挑的身材，如果再配上香秀那样的秀发，那该多好啊！

跟香秀约好了见面的时间后，穆云又关注起头发来了。她把自己的想法说给了美发厅的老板娘，老板娘建议她“接发”。

接发？穆云不懂。老板娘告诉她，接发是美发厅专门为她这样有身份、有品位的年轻女士推出的服务项目，老板娘还殷勤地给她演示了一番。

走出美发厅，一头乌黑的秀发把穆云衬托得袅袅娜娜，人也显得更加年轻，更加有朝气了，像换了个人儿似的。

就要跟穆云见面了，香秀也要打扮一番。她把衣柜里的衣服一件一件地试了个遍，总觉得不合适。后来她忽然发现：毛病出在她的头发上。大夏天的，留一头长发，怎么看怎么不顺眼。

美发师给香秀推荐了一组发型，最后，香秀选中了“沙宣”。她在电视上见过主持人鲁豫，好像就是这种发型，很精神。

香秀抚摸着自己的短发，清清爽爽，利利落落，好极了。

穆云和香秀在咖啡厅见面后，紧紧地拥抱在一起，好半天不愿意放开。

两个人你看着我，我看着你，好像有说不完的话。俩人儿都注意到了对方的变化，但谁也没有提到“头发”二字。

畅销书不打折

阿呆喜欢上网。

每天放学，阿呆走出校园就钻进网吧。

阿呆上网是找他的同城网友——小红帽。听听这网名，多阳光！小红帽不光名字温馨，模样长得更是可人。在阿呆眼中，小红帽集中了S. H. E 三姐妹的全部亮点。

自从阿呆在网上看到小红帽发来的照片，他的大脑就被那张明星般的笑脸占据了绝大部分“内存”。夜里，阿呆常常梦见自己和小红帽在一起：温馨、浪漫、甜蜜、幸福。

阿呆又梦见小红帽了：两人手牵着手，在丛林间开满鲜花的草地上奔跑。跑啊跑啊，阿呆飘了起来！忽然，小红帽挣脱他的手，闪身钻进树林。阿呆心中窃喜，落地后，他奋力追赶。扑通！一个枯枝将他绊倒——醒了。醒了的阿呆依然热血沸腾。回忆梦境，阿呆睡意全无。

第二天放学，阿呆又钻进网吧。

阿呆：你好！想我了吗？

小红帽：想，很想。

阿呆：昨晚我梦见你了。

小红帽：是吗？

阿呆：是的，梦里我吻了你。

小红帽发过来一个接吻的“自定义表情”：一个女孩在吻一个男孩，画面动感十足，形象逼真。看得阿呆好激动。

阿呆接着打字：见面可以吗？

小红帽：OK！你喜欢什么？

阿呆：我喜欢你！

小红帽：我是问你喜欢什么礼物！

阿呆一时不知该怎么回答。小红帽打字很快：第一次见面，我送你什么礼物呢？

阿呆：把你送给我呗！

小红帽：讨厌！

阿呆：我什么都不要。你呢？你喜欢什么？

小红帽：我很想买一本书。

阿呆：什么书？哪卖？

小红帽：《五W学习法》，学子书屋。

定好见面的时间、地点，阿呆急忙走出网吧，直奔学子书屋。

书屋不大，阿呆一眼就看见书架上陈列的《五W学习法》。

“多少钱？”阿呆问。

“58元。”女老板挪动一下臃肿的身子，懒懒地答。

“打几折？”阿呆边掏钱边问。胖老板用手指了指立在柜台上的塑料牌，上面写着“畅销书不打折”。

阿呆走出书屋，一路小跑。赶到见面的地点，一看表，提前五分钟。好险！要是迟到了多没面子。

五分钟好慢哟！阿呆一遍又一遍看表。

时间到了，阿呆的心跳骤然加快。阿呆第一次单独约会女孩子，他不知道看见小红帽时该说什么。阿呆摸摸口袋，早上妈妈给的100元“补课费”没交给老师，还剩42元。请她吃饭？不行，钱不够；那就喝咖啡吧，电视上都是这么演的。

阿呆左看右看，除了身旁有一个手里拿着一本厚书的男人外，连个女人的影子都没有。

又等了半小时，阿呆失望了。阿呆开始怀疑小红帽了。

阿呆很沮丧，便沿着来路往回走。走到学子书屋，阿呆下意识地走进去，他想退掉那本书。

胖老板正在打电话。

“快了，卖完再告诉你下一本……放心吧，少不了你的啦！”胖老板眉飞色舞，全然不顾阿呆的存在。

阿呆晃了晃手里的书，大声说：“阿姨，我要退书。”

胖老板用她那张胖脸把电话夹到肩上，一边大声说笑着，一边用双手将柜台上的塑料牌转过来，上面写着“畅销书售出不退”。

阿呆悻悻地走出书屋，直奔网吧。

小红帽在线。

阿呆：你为什么没来?

小红帽：我在工作。

阿呆：工作?

小红帽：我是一个下岗女工，请原谅……

“啊?”阿呆瘫在椅子上，大脑一片空白。

相见

刘忠学见到丽杰时，眼泪差点儿流出来。

从初中到高中，刘忠学和丽杰一直是同班同学。毕业28年了，刘忠学始终无法忘记丽杰。

刘忠学是在高二那年转到县城中学时与丽杰分开的。在刘忠学看来，丽杰是那种冰清玉洁的女孩：秀颀的身材，姣好的相貌，落落大方的举止，一切都是那么尽善尽美。那时候，在校的男孩女孩极少有谈恋爱的，尽管刘忠学喜欢丽杰，但是，一心想考大学的他，从没对丽杰表露过一丝一毫的爱意。刘忠学相信，爱是无须表白的，他认为丽杰一定会心有灵犀。

那时，只要谁在班里说了句笑话，刘忠学马上就会笑，而且笑得很开心的样子；丽杰也会笑，也笑得很开心的样子。笑着的刘忠学每次都会情不自禁地瞥一眼丽杰，每每这时，丽杰也一准会将目光投向刘忠学。一个对视，彼此的心意就全融在里面了。

刘忠学转到县城中学后，常常想起丽杰的笑。他曾给丽杰写过一封信，在信中，他向丽杰检讨了不辞而别的过错，并嘱咐丽杰要好好学习。丽杰的回信很简短，刘忠学收到信后，实实在在地兴奋了好一阵子。那封信，刘忠学至今还珍藏着。丽杰在信的结尾处是这样写的：就写到这吧，我还有二十里路呢，要不该迟到了。

刘忠学多么希望丽杰也能到县城中学来呀，那样，她就不用每天再跑二十多里路了，而且他就可以天天看到丽杰了。

高考结束后，刘忠学就回到生产队干活儿——挑粪。用扁担挑一对大筐，里面装满从粪坑里挖出来的土，挑在肩上，一步一步登上高高的粪堆。在等待高考成绩的日子里，刘忠学一边挑着粪，一边想着丽杰。他也想过要去找丽杰，可是他不知道找到她后说什么。那时候农村的孩子是多么单纯啊！还有一个因素就是，刘忠学听同班同学刘凯说，丽杰的父母已经给她定了娃娃亲，男方是现役军人！当然，这些都不能成为刘忠学不去找丽杰的理由，但他还是没去找丽杰，这也许就是刘忠学多年来一直觉得遗憾的另一个原因吧。

刘忠学结婚后，丽杰的影子非但始终挥之不去，反而愈加清晰了，以至他多次梦见丽杰。梦中丽杰的一颦一笑更加令他着迷了。起初，丽杰的笑是在学校里；后来，他们便离开了校园，而且还有了肌肤之亲；再后来，丽杰竟成了别人的夫人，那个人不是军人，而是一位政府官员。这时，丽杰与刘忠学在一起时总是偷偷摸摸的……这样的梦，刘忠学不知做了多少回。不论梦境有多大变化，有一点却总是不变的，那就是丽杰可爱的模样：秀颀的身材，姣好的相貌，落落大方的举止，一切都是那么尽善尽美。

前不久，刘忠学开始寻找丽杰了。

刘忠学专程回了趟老家，几经周折，他才从刘凯那里找到了丽杰的住址。

两人相见时，丽杰已经认不出刘忠学了。当刘忠学报出大名时，丽杰笑着说，像，真像，声音一点儿没变。丽杰的笑还和当年在学校时一样，还是那样迷人。坐在丽杰家客厅的沙发上，刘忠学的心跳有些加快。看着丽杰忙前忙后倒茶洗水果，他的眼泪差点儿流出来。毕竟是不惑之年的人了，刘忠学很快控制住了自己的情绪。

寒暄过后，丽杰说，吃水果，喝茶，然后就从小包里摸出电话。

“哎？来客人了……我的同学……中学时的……不知道……能回来吗？你……好的。”丽杰合上电话说，“我老公开个公司，一天到晚地忙，走吧，先吃饭去。”

刘忠学想说什么，但还是身不由己地跟着丽杰出了门。不到十分钟，出租车便停在一家大酒店门前。

那顿午饭是刘忠学吃得最辛苦的一顿饭。在丽杰老公过分的客套面前，刘忠学见到丽杰时的兴奋感已荡然无存。丽杰的老公好像是有一千个理由打听刘忠学的隐私似的，刘忠学只有不停地回答提问的份儿，他想好的一肚子话，全都派不上用场了。性格开朗的他，一时间竟显得是那么木讷，甚而还有几分愚钝。

“有什么事尽管说。”走出酒店时，丽杰的老公拉住刘忠学的手，很认真的样子。

“没什么事，只是顺便来看看。”刘忠学忽然产生一种负罪感，脸上挤出一丝假惺惺的笑。

刘忠学谢绝了两位主人的送行。当他赶到火车站买完车票时，离开车还有三个多小时。

上车前，刘忠学翻出吃饭时记下的电话号码，拨通了丽杰的电话。他不知道应该说什么，但又觉得应该说点儿什么。毕竟28年了呀!

“丽杰，是我……”刘忠学的心跳又加快了。

“没吃好吧？我也不会陪客人。”

“吃好了，快检票了，我想和你说说话……方便吗?”

“说吧——你有什么事吧?”丽杰问。

“没有，我……”刘忠学支吾着。

“有什么事你就说，你也看到了我们家的条件……”

“是的，条件……很好。”

“有事就说嘛，咱们是同学加同乡呀，只要我能帮忙的，一定……”

刘忠学捏着电话的手僵住了。正在这时，车站的广播响起来，开始检票了。刘忠学合上电话，大步向检票口走去。

圣诞礼物

圣诞节前几天，明明上课时总是心神不宁的。每当有同学谈论“圣诞礼物”时，他就躲得远远的。

我发现近来明明上课时总溜号，难怪他的学习成绩大不如前。以前我就多次到他家作过家访，一提到家庭教育时，明明的爸爸除了摇头，就是叹气。明明的妈妈离家两年了，听说是跟一个包工头儿走的。同学们总也不见明明的妈妈来学校接送明明，就在背后议论，说明明是个没妈的孩子。

那天放学后，我发现明明是最后一个离开教室的。他走后，我走进教室，在他的书桌上看见一张折叠得方方正正的信纸，上面工工整整地写着几行字：

妈妈：

您寄来的圣诞节的礼物收到了。妈妈，我想您，您为什么总是放假的时候才回来？看到同学们天天由妈妈接送，我就更想您了……

信写得很短，下面署着大大的两个字——明明。

我把信纸折好，重新放到桌上。我知道，明明不是在给妈妈写信，他是想让同学们看到这封信。为了让更多的孩子“看到”，我拿起那封信，收了起来。

第二天，我在班会上读了明明的信，我告诉同学们，明明的妈妈是一位优秀的教师，她在外地工作，只有放寒假或是放暑假时才能回来和明明在一起，所以，明明的妈妈平时没时间接送明明……同学们听后，都向明明投去羡慕的目光。

下课后，明明随我走出教室，在走廊深深地给我鞠了一躬：“谢谢刘老师！”说完，转身跑开了。

望着明明远去的背影，我的视线模糊了。我想，这也许是明明收到的最好的圣诞礼物。

午夜电话

爸爸，我是玲子。

我的孩子，你在哪儿？

别问了爸爸，原谅我吧！

玲子，回家吧，好吗？

不！爸爸，我已经决定了。

玲子，听爸爸一句话——回来吧！

不，爸爸，原谅女儿……

别哭别哭……说话呀——玲子你在听吗？

嗯。

你在哪儿？我怎么听见大海的声音？

爸爸，我早就想好了，只有大海能接纳我。

玲子，爸爸一直在等你呀！

爸爸，我什么都没有了。

有的呀孩子，你还年轻啊！

别说了爸爸，我真没用，考三年都没考上。

不考了不考了咱不考了，爸爸再也不让你重读了行吗？

晚了一切都晚了。

孩子，不上大学你还可以做别的事呀，你聪明——

我什么都做不了。

你行的，爸爸相信你。

爸爸，你不让我处男朋友，可是我没听你的话。

爸爸知道，爸爸支持你。

不是的爸爸，他，他不要我啦！

那有什么呀？你才22岁，会有男孩子喜欢你的。

可是，我和他，他和我，我已经……

傻孩子，路走错了可以回来的。

回不来了啊爸爸，我把一切都给了他，可是他……他考得好，他瞧不起我，他说和我分手啦！

孩子，爸爸当初不让你处男朋友就是怕你走到这一步——既然走错了，就再回来；你知道错了，说明你成熟了呀！

爸爸，你咋又咳嗽啦？

没事儿，你离开家这些天，我就黑天白天等你电话——你让爸爸上哪找你去呀？

别找了爸爸，我已经决定了。

决定是可以改变的呀孩子！

不，我已经想好啦——别再找我了，我不留遗书，临走前，我把日记都烧了。你就当没养我这个女儿吧！

傻孩子，爸爸就你这么一个孩子呀！现在快一点半了吧？再过一会儿天就亮了。天亮了一切就都过去了，爸爸相信我的女儿是个坚强的孩子！

爸爸不要劝我，没用的啊！

那你得告诉爸爸，你打算什么时候走啊？也好让我给你妈上坟时告诉她一声啊！爸爸得知道我的玲子是什么时候去的啊！

爸爸，原谅我……

孩子，你听着——你妈临死时说过：让我一定要把你拉扯大，要让你有出息，所以爸爸一直没……爸爸怕你受委屈呀！

嗯，我知道。

爸爸逼你考大学，还不是想让你将来好吗？你这一走，你让爸爸……

爸爸，别再抽烟啦！看你咳嗽的，按时吃药啊爸爸！

玲子……

爸爸，都是女儿不好——让你伤心了；你要保重啊爸爸！

我会的——告诉爸爸你在哪好吗？爸爸去看你！

来不及了爸爸，我马上就走了。

孩子，你在电视上见过海难时死的人吗？

电视？我三年多没看过电视了呀！

那爸爸告诉你吧，掉进大海后，衣服都被冲没有了，全身泡得像河马似的，眼睛全被鱼吃了……

别说了爸爸，我不怕。

孩子，你连死都不怕，还有什么可怕的呀？听爸爸一句话：回来，好吗？

爸爸别劝我，只要你能保重，我就没有牵挂了！

放心吧孩子，我要是像你现在这样，早就死上一百回了，还能有你？你妈死后，我既当爹，又当妈，把你一点点儿拉扯大，多少难关我都闯过来了——因为我知道：生命能给你想要的一切，只要你拥有生命！

爸爸……

孩子，你一定听说过“榜上无名脚下有路”这句话吧？你有健康的身体，还有聪明的头脑，做什么不行啊？那些下岗的女工，有的没有文化，年龄又大，但是，人家不都活得好好的吗？生命只有一次呀孩子，人死了就不能复生了呀！

爸爸……

你妈病重时，咬牙挺着。她对我说，我不能死啊，我死了咱们的玲子咋办呀？谁来管她呀？每次见我把你抱到病床前，她的脸上就有了笑容。她嘱咐我说：“只要你能把玲子养大成人……”

爸爸……

孩子，有些话爸爸不说你也懂，你在作文中不是写过吗？有了挫折和创伤生命才更有意义呀！

爸爸！我的手机没电了——你等着，我再找个电话，等着我……

二姐的手表

二姐的手表是“西铁城”牌的。

那时，我正在老家的公社中学读高中，每天上下学要骑自行车往返三十多里。二姐当时在省城一家菜库打工，收入很少。农活儿忙时，二姐就回生产队干活儿。二姐还是个好劳力呢！

那天放学，看见二姐回来了，我高高兴兴地奔过去。看到二姐手腕上戴着亮晶晶的手表，我就要看看。二姐小心翼翼地把手表摘下来，递给我。我把玩着，喜欢得爱不释手。我说：“这块表真好，比二表哥的那块表还好看。”在这之前，我只看过二表哥的“上海”牌手表。

二姐告诉我说，她买的这块手表是进口的，“西铁城”牌的，花了184块钱呢。

二姐怎么舍得买一块进口手表呢？现在我才明白，二姐在菜库打工时的作息时间很严格，她需要准时上班。

我把二姐的手表戴在自己的手腕上，表带的松紧正合适。我高兴地说：“我戴正好！”

二姐说：“那你就戴着吧，反正我在家也用不着。”

第二天，我戴着二姐的手表去上学。路上，我把自行车蹬得“吱呀吱呀”直叫唤。做课间操时，我的手表一次又一次在头顶上闪光，吸引了好多同学的目光。

那时，我们家很穷。我到公社上学时，骑的是没有脚蹬板（只有一根“铁棍儿”）的破自行车，这让我很没面子。但是，二姐的手表却让我打心里自豪！

上自习课时，前桌那位和我要好的女同学时不时就回头问我一句：“哎，几点啦？”我就高高地抬起手腕，仔细地看上一看，再告诉她几点几分。那感觉，用现在的话说就是一个字——爽！

农忙结束后，二姐要回省城了。那天放学我一进家门，妈妈就说："你二姐明天要走了，把手表还给你二姐吧。"

我傻了！我站在屋地当间儿，老半天一动不动。二姐见我舍不得，就说："给老弟戴着吧，上学看个点儿方便……"

二姐走后，有一天说起二姐的手表时，妈妈叹了口气说："你二姐长这么大，就这一件心上的玩意儿。"听了妈妈的话，我有些后悔，我这是在夺二姐之所爱呀！然而，那块手表对我的诱惑力是无法抗拒的。

上大学后，我勒紧裤带攒了 15 元钱，到商场买了一块"金雀"牌电子表，那时，我一个月的伙食费才 16.5 元。春节回家时，我要把那块"西铁城"表还给二姐。二姐说："把电子表给我吧，不用上弦——我喜欢。"就这样，二姐的手表一直戴在我的手腕上。

传呼机开始流行时，我花 1680 元买了台"摩托罗拉"传呼机。腰间挂上了会"滴滴"叫的传呼机，手表就"下岗"了。

如今，传呼机早已被手机取代了，手表好像离我们的生活越来越远了，但二姐的那块"西铁城"手表仍珍藏在我的书柜中，刻印在我的记忆里。

收　麦

老疙瘩掐下两个麦穗，放在掌心儿搓了搓，然后张开长满厚茧的手，“噗——”吹去麦壳儿，饱盈盈的麦粒子便美美地聚在手掌心儿里。一仰脖，麦粒子就进到老疙瘩嘴里，他眯着眼，嚼出满嘴的白浆，“咕噜”，咽进肚里。

咋样？六嫂子一直盯着老疙瘩一鼓一鼓的腮帮子，见他咽下了，便问。

中！成着呢！老疙瘩喜滋滋地吧嗒着嘴巴。

六嫂子长长地吁了口气，抬眼望着一涌一涌的麦浪，伸手将散乱的短发撩到耳后，笑着说，他叔，多亏了你帮俺……歇歇再干吧。

俺不累，趁天黑前得收完呢，要是下雨就糟了。老疙瘩话音刚落，镰刀过处，已经倒下小半垄麦了。六嫂子也忙挥了镰，割起麦来。

远处，老疙瘩媳妇背着英子，吃力地爬上麦车，屁股坐到松软的麦秸上，心却悬了起来。她手搭凉棚向这边张望，还没等她看清老疙瘩和六嫂子在哪，四轮车就载着一车金黄，突突地向屯子里开去。

老疙瘩回来时，英子已经睡下了。

吃什么“金镶玉”吃到这光景？老疙瘩媳妇盘腿坐在炕上，摆弄着英子的褂子，头也不抬，硬邦邦地问。

喝酒了呢，六嫂子叫你过去一块儿吃，咋不去？老疙瘩坐在炕沿儿上，抬脸瞅着媳妇。媳妇穿件皱巴巴的背心，前胸那儿破了个拳头样大的洞。

俺又没帮着收麦，咋好端人家的饭碗？

六嫂子煮了咸鸭蛋，拌了凉菜，还炸了花生豆子呢。

那俺也不能去，俺去了，英子谁管？

看着睡得正香的英子，两口子都缄了声。

半晌，老疙瘩媳妇又说，喝多少？一身酒气。

没多少。老疙瘩说着，伸过一只手，那只手刚从“破洞”进去，还没摸到媳妇的皮肉，媳妇便向后一仰身儿，一巴掌拨开老疙瘩的手说，在那边儿上足了弦是吧？回来找俺撒劲儿来啦？

看你说的。老疙瘩缩回不安分的手，很无奈的样子。

夜，静得怕人。远处，隐隐约约传来一两声狗吠。

咋喝到这光景？

老疙瘩忙说，麦子上了场天就黑透了呢。

喝完酒没做点儿别的？老疙瘩媳妇盯着他的眼睛问。

看你说的，每回帮六嫂子干活儿你都这样——你就这点儿不好。

俺不好？俺哪点儿不好啦？老疙瘩媳妇委屈地说，俺的老爷儿们去给人家收麦，还陪人家吃喝到小半夜，哪个敢说俺不好？

好好好，好还不成？帮六嫂子干活儿，哪回不是你让俺去的？俺割了自家的麦又去割人家的麦，累了乏了俺都认了，可你不能不信俺呀！俺要是做了别的，能对得住六子吗？

一提六子，老疙瘩媳妇立马住了口——要不是因为下河救英子，六子怎么会被河水冲走呢？人家救了咱娃的命，咱要是知恩不报，那还叫人吗？

两口子有一句没一句地斗着嘴，外面忽然传来了雷声。

要下雨了！

老疙瘩媳妇跳下炕，摸黑儿跑到仓房翻出两块苫布，一块递给老疙瘩，一块抓在自己手里，大声说：“快！去苫麦垛，咱家的不用你操心；你去苫六嫂子家的……”

两口子一前一后，奔向麦场。

一道闪电划破夜幕，将两个黑影定格在幽幽的村路上。

卖楼老人

早就受够没有阳光的气了，我和老婆商量，再买一套住宅楼。

我在文化馆做馆办刊物的主编，还要负责文艺创作辅导，经常有作者来家里谈稿子或请教写作方面的问题。三年前，文化馆又成立个文学社，我带了几个学生，家里经常跟走马灯似的。怕影响邻居休息，买楼房时，明知二楼采光不好，但我还是买了二楼。

入住后发现，到了11月份，室内就见不到阳光了。没有阳光，屋子就更显得冷了。我和老婆商定：在附近买一套面积小一点儿、楼层高一点儿的楼房，专门做住宅用，这套干脆就当教室和会客厅。

那天，老婆看到对面楼的七楼有一家窗户上贴着“卖楼”两个大字，让我打电话问问多少钱，面积多大。可是，窗户上没留电话号码。

那天晚饭后，我和老婆去了卖楼的那家。

开门的是一位七十多岁的老汉，斯斯文文的样子。老人热情地把我们让进屋。我说明来意后，老人忙说：“不急不急，请坐请坐！”老人忙前忙后地给我俩倒茶、拿水果。我看见老人的腿脚不好，就有些过意不去，便想长话短说，问起房子的事儿。老人不好意思地说：“其实，我这房子是不打算卖的。”我说：“那您窗户上怎么贴着‘卖楼’呀？”

老人叹了口气说，自从老伴儿去世后，儿女们就给他买了这套楼房，因为腿脚不好，所以他很少出屋。当初买七楼，一是价钱便宜，二是阳光充足。这样，他不用下楼，站在阳台上就能享受阳光浴，可时间长了，老人就觉得寂寞，儿女们又都忙，只是隔三差五地打个电话问候一下。一天从早到晚，他连个说话的人都没有。实在没办法，他就想出了“卖楼”这一着儿。老人笑着说：“昨天那个买楼的，和我聊了一个多小时呢。这不，从打我贴了卖楼的‘告示’，天天有人来……”老人低声说，“今天，耽误你们的宝贵时间了，真不好意思。”

那天，我和老婆陪老人聊了两个多小时。老人给我们讲了他过去的生活经历，还如数家珍地介绍了他的几个儿女。看得出，老人很开心。当我们要离开时，老人一再向我们表示感谢，非让我们带些水果，说是拿回去给孩子吃。

回家后，我发现老婆有些不开心，就说：“急啥？有合适的楼房咱再联系呗！”老婆却问我：“咱们多长时间没回家去看妈了？”我想了想，说有半个多月了。老婆说：“明天你去买些好吃的，明晚儿咱们回家看看！”

盼 信

真见鬼！还是没有。

我怀着沮丧的心情，悻悻地走出收发室……大学毕业两年后的一天，我和亚楠在老家邂逅，同窗四载，相见自是万分喜悦。不久，鸿雁传情，我们相爱了。天各一方，虽说省去许多幽会谈情的时间，但却浪费邮票。一年多来，每星期至少一封信已成为我俩恪守的规矩。

不知何故，已有两个星期没收到亚楠的信了。

以前，每当星期三下午去收发室时，总会找到亚楠的信，可上星期三却没有。莫非邮路出了毛病？为早些看到亚楠的信，我便天天去收发室，可一连十几天，仍不见信来。唉！盼信这滋味儿——咋说呢？

近几天，有个老太太也常来收发室。

老太太瘦瘦的，微驼背，稀疏的花白头发梳得很整齐。瘦老太来到信袋前站定，用她那双干姜似的手在信袋上按摸着，寻找着，她的运气并不比我好。瘦老太叹着气，缓缓地走出收发室。

今天，我在收发室又遇见了那个老太太。她照例在信袋上按摸着，两只布满血丝的眼睛在每封信上快速地“扫描”着……末了，仍是叹气。看样子她很伤心，眼里噙着泪。老太太掀起衣角擦擦眼，口中喃喃自语：“还是没来……唉，没来……”

不知是出于好奇还是出于同情，我忙上前问：“大娘，您老找信?”她看我一眼，点点头。

“找信——找谁的信?”

“儿子呗！还能谁？……大学毕业有了工作，起先十天半月一封信。后来说忙——找媳妇儿啦，有两个多月没来信喽。唉！想啊……”说着，瘦老太用颤抖着的手抓起衣襟，边擦眼边转身挪出收发室。

望着瘦老太蹒跚离去的背影，我忽地想起自己的母亲。天呐！我有半年多没给母亲写信了。

父与子

老汉坐到汽车上，长长地吁了口气。儿子大伟站在车下，眼睛红红的，半晌没说出一句话，儿媳妇小梅也紧抿着嘴。汽车启动了，“爸！保重身体呀……”儿子的喊声淹没在车尾卷起的黄尘里。

打老伴儿过世，大伟年年张罗让老爸进城享福。不是老汉不愿意享福，也不是担心儿子和儿媳妇不孝顺，他是怕过不惯城里的日子。

进城小半年儿，福没享着，罪倒没少遭。

送走老爸，大伟心里空落落的。小梅挎着他的胳膊，两个人默默地往回走。虽然没能把老爸留下来长住，但毕竟让老爸享了半年福。话虽这么说，可大伟还是有些恋恋不舍。有什么办法呢？老爸嫌城里吵得慌，非要回乡下去住。

其实，老汉是心疼儿子呀！大伟和小梅脚打后脑勺地忙，一天到晚抓不着个影儿。老汉到儿子家的第一顿饭是在饭店吃的，一顿饭花了一百多块，吃去小半亩苞米。老汉以为自己刚来，儿子、儿媳妇是孝敬他，下馆子就下吧，他也没推辞。哪知道，小两口儿很少做饭，吃什么买什么，钱花得像流水似的。这还了得！

走进办公室，大伟呆呆地坐在沙发椅上。他想不出什么地方惹老人家生气了。老爸来那天，他特地找了家不错的饭店，要了四个好菜，小梅也爸长爸短地叫着，可大伟看得出，老爸一点儿也不开心。老爸这是怎么啦？上大学后，大伟发现他和老爸之间的距离越来越远了。

刚进城那会儿，老汉想帮着干些家务活儿，收拾收拾屋子啦，洗个衣服啦，可是儿子说了，什么也不用干，就是让你来享福的。好家伙，三天两头儿请一回钟点工。那个丫头倒是麻利，风风火火，里里外外收拾个遍，连厕所都擦得像镜子似的。敢情！五十块钱进了人家腰包了。

老汉看不惯，这哪是自己的儿子，这不是败家子儿吗？

大伟在办公室里踱着步，什么也干不下去。老爸刚来时闲不住，总想着要找活儿干，家里没什么活儿不说，就是有，怎么能让老人干呢？保洁员、钟点工，一个电话就来了，多方便。老爸辛苦大半辈子了，能不让他好好享享福吗？虽说他和小梅的收入不高，但为了老爸，值！

老汉最讨厌的是晚上也不消停。哪像在屯子时，除了傍黑天儿有几声狗叫，天亮前有三遍鸡叫，再就清静了。这倒好，整个晚上汽车不拉溜儿，大喇叭扯开嗓门儿“嘎嘎”地号。楼上楼下左左右右，连喊带叫，没清静的时候，走廊里更邪乎，上楼的，下楼的，就像跟楼梯有深仇大恨似的，狠命地跺楼梯，把整个楼都震得直摇晃。熬到小半夜儿，总算睡着了，没准儿啥时候就热醒了。暖气把人烤得干干巴巴的，鼻子眼儿里像着了火。老汉想不明白，大冬天的，把屋子整得比夏天还热，还要花两千多块钱的取暖费，这是何苦呢！

白天就更别提了，楼上有个孩子学钢琴，没准儿什么时候就凿巴一阵子，弹得手忙脚乱，叫你坐也不是，站也不是。外面的小喇叭一阵儿紧似一阵儿地喊，收破烂儿的，卖大米的，擦玻璃的，说来也怪，小喇叭往车子上一挂，人不用张嘴，就一声迭一声地喊，喊得你心慌意乱，没着没落儿的。

外面热闹得要死，屋里却冷清得要命。别看一家一家像鸽子笼似的挤在一起，却找不到一个能说话的人儿，邻居住着，出来进去防盗门“哐啷”一关，谁也不认识谁。

那天，老汉看见楼下有个老太太牵着一个小孩儿溜达，就想，要是有个小孙子哄着多好。他悄悄问儿子，结婚四五年了，咋没小孩儿？大伟说忙，等过几年再说。

老汉不明白，他不明白现在的年轻人脑袋里想的是什么。

大伟看看表，老爸快到家了，也不知道老爸晕车了没有，他惦念老爸呀！一个人在屯子里住，吃没好吃喝没好喝住没好住，万一有个病灾儿的，上医院都是个问题。在城里住多好，冬天有暖气，夏天有空调……大伟怎么也想不明白：老爸待得好好的，为什么非要回乡下呢？

汽车到站了，老汉眼望窗外，山已经泛绿了。开春儿这么久了，在城里还像过冬一样，一点儿也没觉出节气的变化来。老汉下了车，看着路边毛茸茸的绿草，望着家家户户烟囱上一扭一扭升起的炊烟，他想：这回好了，再也不用遭那份儿洋罪喽！

洗　澡

李老实眯缝着眼睛泡了半个时辰，出汗了，泡透了，该搓澡了。老伴儿，搓！他差点儿喊出声来。“唉!”李老实重重地叹了口气，眼前又多出一层水雾。老伴儿再也不能给他搓澡了。

自己搓吧。李老实这样想着，就抖着手，戴上搓澡巾，在身前胡乱地搓着，没搓下东西来，胳膊却酸了。李老实又叹了口气，还不到七十岁呢，咋就不中用了呢?

老伴儿说得对呀，这都是她把我给惯的哟!

以前洗澡，李老实只管进浴盆里泡着，泡好了，该搓澡了，不用他叫，老伴儿就进来了。搓呀?搓!老伴儿的动作很熟练。先搓后背，再搓胳膊、锁骨坑儿、胳肢窝儿、手臂弯儿，这些容易藏灰的地方搓得格外仔细，连手心手背也不放过。上身儿搓完了，再搓下身儿，一直搓到脚巴丫儿，哪儿都落不下。老伴儿搓澡力度适中，舒服；不像公共浴池的小伙计，像扒皮似的，不搓血洇了不拉倒。花了钱不说，还得活受罪。每回搓澡工给他搓澡时，李老实都会想起小时候家里杀猪的情景——大人们把猪抬到案板上，浇上开水，“嚓嚓”地刮、褪毛——有一种任人宰割的感觉。

搬进楼房后，家里有了卫生间，买了热水器，安了浴盆，老两口儿就在家里洗澡。老伴儿三五天洗一回。李老实不，最多隔一天一洗，不洗身上就痒得慌，洗了才舒坦。

这回，快一个礼拜没洗了，身上早就积了厚厚的一层灰了。

李老实歇了一会儿，把搓澡巾戴好，又开始搓。前面还好说，后背够不着。越够不着，还越痒得慌，你说气人不?老伴儿每回都是先搓后背，不光解痒，还能搓下不少东西来。这么长时间没洗了，后背肯定埋汰了。可是，够不着怎么办呢?李老实在卫生间里“撒摸”，他看见浴盆旁边放着一个大搓澡巾。他不知道是不是叫搓澡巾，那东西的样子就像个宽腰带，两头儿套着塑料拉手。以前，这玩意儿是老伴儿专用的。这个老太婆儿，从来不用他给搓澡，自个儿用这玩意儿搓后背。李老实还从来没用过这玩意儿呢，这玩意儿能搓净?

不管能不能搓净，试试再说吧。李老实拿起大搓澡巾，摆弄半天，总算弄到后背上去了。左手在上，右手在下，一上一下拉锯似的。李老实心里说，要是老伴儿能再给搓一回多好，哪怕只搓一回也好啊！正想着，老伴儿来了，在他后背一上一下地搓了起来。啊！真舒服呀……李老实回头一看，老伴儿不见了，他只觉得两只手酸酸的，不中用喽！李老实鼻子一酸，眼前一片模糊。他摩挲着把搓澡巾换了个位置，右手在上，左手在下，还是一上一下，拉锯似的搓着。

李老实边搓边想老伴儿。老伴儿搓澡时，不光手忙活，嘴也不闲着，东一句，西一句，说着话，就把活儿干了。即使热得出了一身汗水，也从不抱怨。要是搓下来了东西，老伴儿就会骂："你这个糟老头子，浑身直掉渣儿，看看——"说着，就把搓下来的脏东西送到他眼前，报功似的让他看。李老实听着老伴儿的骂，看看身上下来的泥，打心里往外舒坦。老伴儿要是说了他不爱听的话，他也烦。烦了就损老伴儿："你这个碎嘴子，就不能消停消停?"老伴儿说："跟你说说话还嫌烦啦？烧包儿！我要是消停了，你想找人跟你说话，也没人理你啦……"

可不就是，这个老太婆儿！她倒真的消停了，瘫在床上，一句话也不说了。

李老实头一回自个儿洗澡，总算洗完了。

回到卧室，老伴儿静静地躺在床上。李老实掀开被子看了看，叹了口气说，你也该洗洗了，再不洗就臭喽！说着，他颤颤巍巍地打来一盆热水，给老伴儿翻了身，把毛巾放到水里投一投，说："来，老太婆儿，洗澡……"

李老实细心地给老伴儿擦着身子，边擦边自言自语："老太婆儿呀！我这是欠你的呀！谁让你对我那么好了呢……你可别扔下我呀！就让我给你多洗几回澡吧，行吗?"

打工归来

阿木紧赶慢赶才提前三天到家。走出站台，夜里十一点了。从来舍不得打出租车的阿木一咬牙，花十元钱打了台“桑塔纳”，急急地往家奔。外出打工两年了，一次家没回，阿木恨不得马上就把妻子兰兰搂入怀中。

下了出租车，阿木提着旅行包，快步走到大门前，刚要敲门，他又缩回了手。摸出钥匙，悄悄打开大门，他要给兰兰一个惊喜。

屋里的灯还亮着，透过窗帘的缝隙，阿木看见兰兰拿着一件衣服走进卧室，这么晚了她还没睡？借着屋里透出来的灯光，阿木找到房门的钥匙，对准锁孔，轻轻地旋转。

“谁?”兰兰大声问。听得出，兰兰很紧张。确认是阿木回来了，兰兰才将房门打开。阿木进屋后，把旅行包往地上一扔，一把抱住了兰兰。夫妻俩紧紧地拥抱在一起，谁也不肯放手，好像一旦松手就会有人把对方抢去似的。

“死东西，回来也不敲门，吓死人家了。”兰兰捶打着阿木的后背，泪水像断了线的珠子。阿木松开手，捧起兰兰的脸，兰兰已泪流满面。阿木知道自己外出打工没挣多少钱，兰兰在家的日子一定过得很苦。两年多，七百多个日子，兰兰一个人在家，多不容易呀!

忽然，阿木透过卧室虚掩着的门看见屋里墙上挂着一件男人的上衣——那显然是一件男人的上衣：大大的，浅咖啡色——阿木可从来没有这样的衣服!

阿木担心的事儿终于发生了，怪不得她迟迟不开房门呢。他推开兰兰，一屁股坐在沙发上，愤怒和疲惫一齐袭来。

“累了吧？坐了三四天火车。”兰兰好像什么也没发生一样，小鸟一样跟过来，偎坐在阿木身边，抓起阿木冰冷的手摩挲着，抬脸望着阿木。

阿木强压怒火，一句话也没说。他盯着卧室里那件浅咖啡色的上衣，眼里喷着火。那是一件半新的中山装，穿这件衣服的男人，一定比自己还要魁梧。这个男人是谁？他一定还没来得及溜掉，此刻就在屋里。

阿木绝不能允许别的男人占有兰兰，尤其是让自己堵在了屋里的。现在，他想睁一只眼闭一只眼都是不可能的了。想到这，阿木把拳头攥得咯咯响。

正在这时，兰兰闪身走进卧室，只听里面传出一阵窸窸窣窣的响声。不一会儿，兰兰笑盈盈地走出卧室，伸手拉起阿木。阿木疑惑地跟着兰兰走进卧室。天哪！墙上、衣架上挂满了各式各样的衣服。“这……怎么，哪来这些衣服?”阿木语无伦次地问。

兰兰将阿木按坐在铺好的床上，用手指了指衣架下的一块木牌，轻描淡写地说：“你在外面出苦力，我在家能闲得住？……怕你惦着，就没告诉你。”

阿木弯腰捧起那块木牌，上面写着：兰兰水洗店。

风　筝

风英就像天上的风筝，在南方飞了两年，终于回来了。见到风英，丈夫喜得跟什么似的。

两年不见，风英瘦了，但更漂亮了。邻居都这么说。风英回来后，租了一处门市房，开了个“英子发廊”。

小镇人口少，谁家有个大事小情儿的传得飞快。风英在南方打工时就开美容院，手法高着呢！于是，年老的年少的都往风英这跑。要是赶上谁家姑娘出嫁，盘个头造个型化个妆什么的，还能多收个三块五块的。

“英子发廊”日渐红火。

闲暇时，风英就常常忆起打工时的日日夜夜。

风英忘不了与她“同租”的钟建。钟建原籍河北，大学毕业后只身南下，后来做了网络工程师。钟建没日没夜地忙，有时后半夜两三点才回住处。钟建的“笔记本”电脑昼夜开着，风英上网很方便。

风英没买手机，她用不上。有钟建的电脑，风英就和丈夫网上联系。

风英上网的昵称是“樱花”，这是到南方落脚后改的；丈夫的昵称叫“虎仔”，是网吧的网管给取的，丈夫是属虎的。

家里没电脑，丈夫就到镇里的网吧和风英联系。上网一小时，一元。丈夫舍不得钱，有时说几句话就下了。丈夫下了，风英就和别的网友聊。风英在聊天室认识一个叫“游子”的网友，也是打工的。“同是天涯沦落人”，游子要加风英为QQ好友。风英查看了游子的“个人资料”后，破例通过了他的验证请求。虽说游子打字慢些，但风英并不嫌弃，而且风英与游子很谈得来。风英高兴时，游子就高兴；风英伤心时，游子就安慰她。两个人越聊感情越深，在游子的一再请求下，风英让他看了“视频”。游子却很保守，他连语音都没开过，好在风英并不与他计较。

有一次，风英正和游子聊天儿，就是上视频那次。正巧钟建下班回来。游子看到有人在凤英身后走动，就打出一连串问号。什么？凤英打字也不快。你的屋里有人？游子打出一行字。是啊，朋友。凤英打完又加了一个“顽皮”的表情。接着，关了视频。

凤英很尊重钟建，她从不在钟建在“家”时上网，她怕耽误钟建用电脑。

第二天，游子又上线了。游子劝凤英，什么出门在外多加小心啦，什么女孩子别太天真啦。醋坛子一个！凤英索性把实情全告诉了游子：我不是少女，我有爱我的丈夫，我还有一个可爱的儿子，我出来打工是为了赚钱，有个地方能睡觉就行，别的我没想。凤英还说，这里男女合租是很平常的。你在哪打工？凤英问游子。游子说和你不在一个城市。

后来，凤英做出回家乡开发廊的决定有丈夫的原因，更有游子的因素，是游子的话起了决定性的作用。游子在网上说：打工是手段，不是目的；有了钱，回家乡做自己的事，一家人在一起，多好！

凤英回来了。“英子发廊”开得很红火。

一天晚上，丈夫来发廊接凤英。凤英挽着丈夫，两人沿着小镇唯一的一条水泥路散步。清风拂面，好不惬意。走着走着，“网友网吧”的招牌赫然在目。

“进去？”凤英问。

丈夫摇头。

“陪我嘛……”凤英撒娇。

凤英想起了游子，从打回来就一直没再联系；也不知道他过得好不好。拗不过凤英，丈夫依了她。

网管很热情，殷勤地打开一台电脑。凤英熟练地打开自己的QQ，好友的图标全是黑白的，没人在线。

“看看你的？”凤英把椅子让给丈夫。

“我，我都忘了号码了。”丈夫说。

“想想嘛！”凤英催他。

丈夫想了好半天，终于伸出笨拙的手，登录了QQ。

凤英发现：丈夫的昵称竟然是“游子”！

信

我也不知道哪来的勇气。

“队长，我请假……回家——我妻子病了。”我跑进分队部的帐篷，一口气把想好的话全抛了出来。

“来信啦?”队长问，声音很遥远。

“嗯哪。”我使劲儿点着头。

“啊——”队长思忖一会儿说，“眼下找矿任务正紧，咱这离家又远，一去一回光路上就得四天哪。我看就——”

“不！队长，我一定得回去……我媳妇儿她——她做了‘人工流产’。”说完，我的脸像被人打了一巴掌，火辣辣的。

鬼知道我怎么胡编出这话，自己都出野外四个多月了，爱人在家怎么会——管它呢，假，总算请下来了。

跳下火车，我兴冲冲地直奔家去。

刚进家门，妻正好下班回来，我张开双臂奔了过去……

“咚!”睁开眼，黑暗中我抱着被子躺在地上。

我赶忙爬起，撩开蚊帐，回到床上。

外面狂风大作，这也许是呼伦贝尔草原的“特产”。帐篷架被风吹得痛苦地呻吟着，木板床随着帐篷不停地晃动，像刚刚飞离跑道的飞机，一跳一跳地向上拉升……欣赏着室友们此起彼伏的鼾声，回味着刚才的梦境，心中便涌起阵阵酸痛。

离家一百多天，这一百多个日日夜夜不知妻在家是怎么过的……女儿岩岩会坐了吗? 爸爸对不起你，把你扔给妈妈一个人——你在托儿所习惯吗? 千万别闹妈妈，妈妈要照看你，还要上班。我这样想着，临走前的那一幕又不由得浮现在眼前。

“亲亲岩岩吧！要不，等秋后回来时该不认识你了。”临出门，妻亲昵地看着我说。

我放下地质背包，轻轻地吻了女儿一下，接着，又给妻一个深深的吻……唉！睡吧，别想了，我嘱咐自己：天亮还得“上山”呢，这几天钻探编录的活儿正紧，休息不好哪成？

人就是这样，越是强迫自己睡，却越是睡不着。妻和女儿的身影总在我的大脑屏幕上“显像”。我忽然想起白天收到的那封信，忙翻身按亮手电，随手从枕下摸出已经看过两遍了的妻的来信。

字很潦草。

“……记得吧？临走时你说中期回来一次。这些天我就一直在盼，每天下班回来，我都怀着一线希望匆匆赶回家，盼望能看到开着的房门。

“前些天，我做了阑尾手术，住院七天，是队里派人护理的。出院不久，女儿得了急性肺炎……现在早好了。那些天，我多么希望你能在我身边啊！

“你知道，我不是女强人，我哭过好几回呢。我知道你有你的事业，我不怪你……上次信中你说，‘当你想我的时候就放《十五的月亮》和《望星空》听听。’那是你特地为我录下来的歌，我经常听……”

我的视线又一次模糊了。男儿有泪不轻弹，见鬼！怎么这样脆弱呢？我抓起枕巾摘下眼镜擦擦眼睛，继续看信：

“知道你们找到了金矿的消息，我感到无限的欣慰和自豪，真为你们高兴！放心吧，我知道怎么做，女儿也不用你操心，托儿所的条件很好，我会照顾好她的。抽时间给我写封信，告诉我啥时候回来，我和女儿等着你……”

啥时回来？收队吧，只好等到收队了。本打算中期回去一趟的，可工作实在离不开呀！我相信，妻会理解的，一定会！

我悄悄旋下手电筒的罩儿，蚊帐内霎时洒满淡淡的光。

柔和的微光下，我提起笔，郑重地给妻写着回信。

我在等着你回来

过完元宵节，天气还没转暖，春红就天天盼着梨花开。

春红的丈夫建新去深圳打工快一年了。去年秋天梨子成熟的时候，建新打来电话，说春节一定回家过。一进腊月，春红就掐着指头算日子，有几回梦见建新，两个人刚到一起，突然就醒了。醒后，心狂跳不止，身上湿湿的，全是汗水。伸手一摸，身边空空的。每当这时，春红的难过就不仅仅是在心里了，而且会弥漫到全身，她觉得浑身上下有一种绷紧的感觉，哪都不舒服。为这，春红可没少抹眼泪。

婆婆也常念叨儿子：咋还不回来呢？唉！

婆婆耳背，春红就大声喊：快了快了，快回来了！

丈夫不在家，有啥难处都得春红自己扛，她最怕婆婆生病，万一婆婆有啥闪失，她怎么向建新交代呀！

去年腊月二十三过小年那天，建新打来电话。春红以为建新是告诉她到家的日子呢，没想到，建新说不回家过年了。建新说，工地活儿忙，老板说给双份儿工钱，不放年假了。

春红的眼泪像断了线的珠子似的，一个追着一个，噼里啪啦地往下掉。她极力控制着不让自己哭出声来，但她不敢张嘴，要是一张嘴，准会“哇”地哭出声来。她怕建新听到她的哭声难过，就捂住嘴“嗯嗯”地答应着，把听筒紧紧地扣在耳朵上，听建新说。

建新说，老板是咱们老乡，对我好着呢，我现在就是用他的手机打的电话。建新又说，你好好照顾妈……建新最后说的那句话，春红记得真真切切：等梨花开了，我一准回家。

正月初七那天，建新打来电话，说了几句过年的话后，问春红：梨花开了吗？

春红说：开了开了，你哪天回来？

建新说：梨花开了，我就回去。

春红想，这个傻瓜，一点儿也不傻，心里有数呢，骗不了他。

建新见春红不说话，小声说：是你的心里开花儿了吧？

春红说：去你的，傻瓜，等回来看我不使劲儿掐你！

建新在电话那头“嘿嘿”地笑，不说话。

那次通话后，又过了一个多月，春红再也没接到建新的电话。

起初，春红天天往山坡上跑，看梨树开花了没有。

天还冷着呢，梨树咋会开花呢？梨花没开，春红就天天去看。那天刚到梨花溪，看见光秃秃的梨树在寒风中瑟缩着，春红就后悔了：明知道梨花没开，还来看啥？建新要是来了电话怎么办？婆婆听不见铃声，从来不接电话。

春红急忙跑回家。电话，静静地放在床头柜上。春红不敢再出门了，她天天在家守着电话。

好几天没去梨花溪了，春红的心里空空的。那天上午，春红实在坐不住了，刚出门，电话响了。好险哪！幸亏晚走一步。她急忙冲进屋抓起电话：“喂！是建新吧？”

“我找小兰，小兰在家吗？”一个女人的声音。

打错了。

春红放下电话，一屁股坐在凳子上。傻瓜！你这个傻瓜！这么长时间也不来个电话，不知道人家想你呀！

那天晚上，春红翻来覆去睡不着，她想给建新打个电话，可往哪儿打呢？春红真后悔，当初建新说要买个手机，她说费钱，不让。

天气转暖了。太阳照在脸上热乎乎的，真舒服呀！好蓝好蓝的天呀！哟，小草全绿了？梨花开了？梨花真的开了！春红在山坡上走啊走，看呀看。坡上坡下，白花花的，一片又一片。哟！那怎么还有红的？是桃花。桃花呀桃花，你来干什么呀！建新要的是梨花，你知道吗？建新建新，梨花开了呀！春红欢喜得心儿怦怦地跳，激动得脸儿辣辣地烧。

多漂亮的梨花啊！一朵一朵地绽开了。忽然，春红觉得自己变成了梨花，变成一朵大大的梨花。她的身体变得丰盈起来，她已经闻到自己散发出来的花香了！一只蜜蜂“嗡嗡”地叫着飞过来，轻轻地落在雪白的花瓣上，毛手毛脚地往里爬，软软的舌头一伸一缩，贪婪地吮吸着花蜜。暖暖的，痒痒的，丝丝缕缕，说不清的舒畅。“哈哈哈……”春红好开心哟！笑声震得花枝轻颤，就像风儿吹过水面，一波，又一波。

梨花终于开了……建新，建新！梨花真的开啦！你怎么还不回呀？

建新回来啦！看，建新背着个包袱，远远地站在山下那棵高高的梨树下，冲春红笑呢。

“建新！建新！我在这儿呢……”春红从梨树上飘下来，张开双臂奔过去。

建新不见了。建新变成一只蜜蜂，轻轻地飞走了。

“建新！建新！我是春红……”

春红被自己的喊声惊醒了。

又是一个梦！

春红再也睡不着了，她又一次想起建新在家时对她的好。思念像网一样罩住了春红的心，她多么希望建新能像风一样飞到她的身边呀！建新的声音是那么好听，建新的大手是那样温暖，建新的拥抱是多么有力……和建新在一起的日子真幸福呀！可是现在，唉！想着想着，泪水不由地溢了出来。

春红骂自己：真没出息。她抓过枕巾擦干眼泪，耳边响起了优美的歌声：“我在这儿等着你回来，等着你回来看那桃花开……”春红把“桃花”改成了“梨花”。她想，梨花很快就会开的。

一滴泪

我家村东有一条小河，河水清清，柳绿花红。

每天，我都把大部分时间用在那条小河里，我在那里游泳、捉鱼虾，过着无忧无虑平静的日子。

出事那天，我还是像往常一样到小河里游泳。在河里，我第一次跟小白接了吻，那是我的初吻。开春时，我就和小白认识了，不过，我们只是一般的朋友，见面时点点头，或者说几句客套的话。后来我发现，我喜欢上了小白，喜欢上这只纯正的土番鸭。

我俩接吻后，我羞得把头插进水里，装作捉鱼虾的样子，好半天没好意思抬头。其实，那下面没有鱼，也没有虾。我煞有介事地把头向下倒立在水中，双脚不停摆动着。小白笑我，它使劲儿地拍打着翅膀，“嘎嘎嘎”地大笑，笑得我脸上火烧火燎的。我假装生气，扭头便走。

小白游到我身边说，花儿，跟我去河东村吧！我的家很漂亮呢。没等我回答，它又问我，你愿意做我的新娘吗？我连想都没想就回绝了它。我说你羞不羞，主人对我那么好，我要是跟你走了，还有良心吗？我要是跟你走了，主人怎么办？他们会伤心的呀！

小白说，河西不安全啦！它说河西村的西面有一个村子已经被封锁了，我问它什么是“封锁”，它说它也说不清楚，好像是把鸡鸭鹅都关在圈里不让出来。那不憋屈死呀？我不相信小白的话，它的意思再明白不过了，它是想让我跟它走。我才不上它的当呢，我的主人绝对不会像它说的那样狠毒。

小白说，听说要杀死呢！听到“杀死”这个词儿，我吓得一哆嗦。再看小白，它一脸的严肃。可怕，太可怕啦！不过，仔细想想，这也没什么，我们下的蛋，不就是供人类吃的嘛；我们老了，肉也是要被人类吃掉的。人类就是喜欢吃，连天上飞的鸟儿都能捉来吃，吃我们的肉又有什么大惊小怪的呢？其实，人类也一样，他们也会死的，他们死了同样也就不存在了。这是自然规律，有什么办法呢？

那天回到家，我就浑身发冷，什么也不想吃。我知道，我是被小白的话吓着了。

要是以往，主人会给我换更好吃的鸭食，还会给我喂药。这次，主人见我蜷缩在院里不动弹，脸色很难看。男主人杀气腾腾地说："杀了算了！"当时我并不知道是要杀我。女主人的话提醒了我："小花儿天天下蛋，杀了多可惜呀？"

男主人说："可惜个屁！方圆三公里的半径内，一个也不留——西边有个村子发现了疫情，离咱们这儿刚好三公里。县上说了，以河为界，这边的全杀！明天扑杀队就来了，让他们杀，还不如咱自己杀，自己杀了还能吃顿肉呢。"女主人不同意，说舍不得我。男主人就骂她"头发长见识短"，我不明白，"头发长"与"见识短"有什么关系呢？我讨厌男主人，他怎么连一点儿怜爱之心都没有呀！男主人指着我说："它打蔫儿了，说不定感染了……"

我没有病！我只是被吓着了。我想申辩，可是有什么用呢？主人是不会听我辩解的。

女主人说："你是说小花儿得了禽流感吗？我的妈呀！这可怎么办呀？它会不会传染给咱们呀？"

"你吵吵个屁！"男主人不屑地说，"回屋取菜刀去！"

女主人拿来菜刀时，脸色铁青，好像要挨刀的不是我，而是她。

我知道，我的大限到了。我想告诉河东的小白一声，明天我不能去小河游泳了，免得它找我；我还想对它说：我爱你！可是来不及了，主人已经向我走来了，男主人手里的刀闪着寒光。我瞪大了眼睛，我想再看看这个世界。忽然，我看见女主人的眼里滚下一滴泪。

主人为我流下一滴泪——我欣慰地闭上了眼睛。

很爱很爱你

当我还是一个花苞儿的时候，我认识了他——那个给我带来阳光般感觉的男孩。

我栖身的这棵树就在男孩家的花园里。

我和我的姐妹们都属于他，他每天都来看望我们。

夏天，炽热的阳光像锤头一样砸在我们这些苹果花柔弱的花瓣上，这对我们来说可不是什么好事——多亏有他。他每天用喷壶把洁净的水轻轻地喷洒在我们身上，让妹妹们尚未张开的花瓣湿润起来。每到这时，我就会感觉无比的幸福和快乐。

他爱我们，从他看我们的目光中就能读出这一点。当然，我们也很爱他。但是，我总觉得我对他的爱要比别的姐妹多。

当第一缕曦光将我唤醒，我就努力释放自己所有的活力，我想让他看见我，注意到我的与众不同。然而，他似乎从来都没看过我，这让我很苦恼。

终于有一天，他注意到我了。

那天早上，我刚刚醒来就发现一只可恶的青虫懒懒地躺在我旁边。我既厌恶又害怕，却一动也不敢动，怕它醒来伤害我，然而它还是醒了，并且朝我爬来。我怕极了，身不由己地颤抖起来，把花瓣上的露珠儿都抖落了。就在这关键时刻，他提着水桶来到树下，于是，我努力地晃动身体，希望他能注意到并且帮我解决这个胖胖的笨家伙。

我成功了！

他爬上梯子，用手捏住那个家伙，并把它扔到很远很远的地方，然后他回过头来，温柔地用手指摩挲着我的身体，微笑着对我说："吓坏了吧，这回没事了。"他刚要转到别处，却突然收回目光，继续盯着我看。过了一会儿，他终于开口了，他用一种很开心很惊讶的语调说："原来你这么美丽……真得感谢那只虫子，不然我还发现不了你呢!”我展开笑容——真希望他能读懂我的心。

接下来的日子，他每天来浇水时都会微笑着看看我，跟我说说话。我真希望自己能和他交流，让他知道我的感受——但是我做不到，我不能说人类的语言。

我承受着姐妹们嫉妒的眼神，为了他的垂青，我仍然绽放着自己的美丽。好朋友劝我说："你何苦呢?把自己弄得那么辛苦，到最后还不是变成苹果被他吃掉，倒不如长得丑一点，还有可能保全性命……"我笑了，没有说话。

就在那一天，我听到一首歌："想为你做件事/让你更快乐的事/好在你的心中埋下我的名字/求时间趁着你不注意的时候/偷偷地把这种子酿成果实……"

我们是注定要变成苹果的，而苹果的价值就在于被人吃掉。如果不要被吃掉，那我们努力吸收营养努力成长还有什么价值呢?何况，我爱上了我的主人，我最大的快乐和幸福就是让他快乐，哪怕是快乐地将我吃掉!

她们不会懂的，所以我也不必去解释；我只要让自己成长，为了他。

有一天早上，我醒来的时候，感觉到自己的身体与平时不同，但又说不出哪儿不同，直到他提着水桶来到树下，我才感觉到自己体内有一种蠢蠢欲动的力量。当他像往常一样登上梯子来看我时，我体内的力量爆发出来——我将最外层的花瓣"嘭"的一声弹开了。

他笑了。我优雅地舒展自己所有的花瓣，用淡淡的清香向他传达我最真挚的爱恋。他用手指托起我的花萼，我感觉到无以复加的幸福——我听到了姐妹们羡慕的唏嘘声。我知道，我作为苹果花的使命已经完成了。

日子一天一天地过去，每天他的到来都让我开心、快乐。在那样美丽的心情中，我逐渐变成一只青苹果。

我努力成长，希望自己尽快成熟，早日变成一只完美的可以被他吃掉的苹果，虽然那将意味着我粉身碎骨，但是我心甘情愿。我希望我的皮肤给他的牙齿带来愉悦的咀嚼快感，我希望我的身体给他的口腔带来清新而芳香的气味。长眠在他的体内——和自己爱的人永远在一起，那将是多么幸福的事啊!

再过几天，他就会摘下我了。

这天，他双手捧起我已经泛红的身体，用痴迷的眼神看着我。他轻轻地许诺，他将第一个摘下我。

我好开心哟！就要被他——我爱的人——摘下，那将是我今生最幸福的时刻吧？

他原本计划摘苹果的那天下起了大雨！我很沮丧。因为我已经足够成熟，我的手已经快要抓不住树枝了，我真担心自己会脱落的。

第二天，天气晴朗，然而，他还是没来。

一只鸟儿落在我抓着的树枝上，在我的手上一下一下地摩擦它的喙。我爱的人啊，他为什么还不来？我……快要抓不住了呀！

那天傍晚，夕阳把她美丽的余晖洒向大地，在曼妙的光晕笼罩下，我看到他——我爱的人——终于提着篮子向我走来。

然而，就在最后的时刻，就在那幸福即将来临的时刻，就在他的手已经伸向我的时刻，我倏地滑过他的手指，重重地摔落到地上。

那是我最后一次感觉到他的手指了——地面上坚硬的石棱刺穿了我的身体！他用惋惜的眼神看着我，摇了摇头。我多么希望他快乐啊，我想告诉他，不要因为我伤心，因为还有那满树的苹果在等着他，可是，我不会说话。

在飞向天堂的途中，我又一次听到那首歌：

很爱很爱你/所以愿意/舍得让你/往更多幸福的地方飞去/很爱很爱你/只有让你拥有爱情我才安心……

电子时代

岛国发生了百年一遇的“丢钱事件”——一些国民银行卡里的电子货币遽然消失。

在岛国，没钱是寸步难行的。

进入电子时代后，岛国已取消了实物货币，“刷卡”和在网上提供账号成了国民交易的手段。卡里的电子货币显示为零，就意味着持卡人已身无分文，成了一个十足的穷光蛋。

伊娜在网上看到“丢钱事件”的消息后，立即给银行拨打电话，她担心自己卡里的两百多万元存款也会不翼而飞。接线员请她到附近的营业部查询。

伊娜开着私家车，直奔银行营业部。伊娜刚登上台阶，电子门就自动打开了，里面人头攒动，大厅里到处都是前来查询电子货币的人。

原来，两天前，岛国银行的电子网络系统遭到了黑客攻击，入侵的是一种叫做“岛花开放”的病毒，感染这种病毒的计算机，桌面上的图标全都被盛开的“岛花”取代，计算机无法操作。30 秒后，桌面恢复正常，但计算机内的一些数据已被更改，用户银行卡上的电子货币余额被清空。

伊娜一边排队等候查询，一边给丈夫罗德打电话，告诉罗德到公司附近的银行营业部去查卡，看看他卡里的钱还在不在。伊娜知道，罗德卡里应该有三百多万元存款，下个月儿子的学费还要从他的卡里转账呢。

队伍一点一点地向前移动，查询完的人，一个一个垂头丧气地向外走。看来，幸免者不多。伊娜的心狂跳起来。她和丈夫省吃俭用这些年，一共才积攒了五百多万元呀！她卡里这两百多万元，是她结婚后十几年的全部积蓄，万一……伊娜不敢往下想。

岛国中央银行还没有就这一事件做出裁决，银行卡被清空的国民，暂时只能靠补发的“低保卡”维持日常开销。病毒专家称：目前，还没有杀灭“岛花开放”病毒的办法。

查询结果，伊娜是幸运的——她的银行卡里的存款余额为两百五十六万元。

伊娜快步走出营业部。

阳光温柔地洒在她淡蓝色的连衣裙上，暖暖的。她愉快地伸手拉开红色跑车的门，正要上车，手机响了。罗德在电话里说，他的银行卡已被清空。

伊娜安慰罗德说，我卡里的钱还在……感谢上帝。

“丢钱事件”使秩序井然的岛国陷入混乱之中，公共设施几乎瘫痪，国民的文明素质受到了空前的严峻考验。

让伊娜意想不到的是，她的儿子在放学回家的路上被汽车撞伤，肇事车辆居然趁乱逃逸。儿子被警察送到医院时已经奄奄一息了。

伊娜闻讯急忙赶到医院，罗德正在焦急地等着她。罗德的银行卡换成了“低保卡”，卡里电子货币的额度只够他一个人坐车和吃饭的。儿子的学生卡只能在校园里使用。住院押金要一百万元！

伊娜掏出银行卡，交给收银员说：“快，上帝！快救救我的儿子……”收银员把卡插入计算机的读卡口，计算机的音箱传来清晰的声音：“对不起，您的卡中余额为零，请充值或更换新卡。”

天哪！怎么会这样？分明还有两百五十六万元的呀！

“求求您了，先让我儿子住院吧！”

“没用的，住院也无法给药，您的卡中没有钱，供药系统不能开启……”

“难道就没有别的办法了吗？孩子在流血呀！”罗德怒吼着。

“换卡，换一张有一百万元以上存款余额的卡，只能这样，先生。”收银员耸了耸肩，平静地说。

我的儿子呀！

该死的卡啊！

伊娜伏在罗德的肩膀上失声痛哭。

一位老者闻声走过来，说：“孩子，别难过，我刚刚取完药，我这卡里还有一百多万元，”说着，老人家将自己的银行卡交给罗德，“快，救孩子要紧。”

“老伯!”罗德握住老人的手，泪水夺眶而出。

伊娜一把抢过银行卡，从窗口递了进去。

收银员把卡插入计算机的读卡口，计算机的音箱传来清晰的声音：“对不起，您的卡中余额为零，请充值或更换新卡……”

确　诊

薛显峰是被噩梦惊醒的。醒后，他就觉得自己的肝脏出了毛病。

梦里的人好像是舅舅。舅舅今年五十九，比薛显峰大六岁，一个月前查出了绝症。薛显峰在医院护理了一个多月。肝癌，晚期，只能靠药物维持。舅舅说不怕，可薛显峰怕。他怕舅舅撕心裂肺的号叫——药劲儿一过，舅舅就不是舅舅了，变成伸着长脖子的叫驴了。他更怕舅舅病恹恹的样子——原本顶天立地的一个爷儿们，不到一个月，就瘦得皮包骨头了！

薛显峰仔细回忆，他梦到的好像不是舅舅。舅舅昨天已经火化了，再也没有人世间的烦恼了。他梦到的是他自己，是他躺在医院的病床上！他像舅舅一样，得了肝癌，也是晚期。他记得清清楚楚：病房四周是瘆人的白色，他身上插满了针管，药瓶里的药水一滴追着一滴，争抢着流进他的血管，流进他的肝脏，也流进他的大脑。他的肝疼啊，刀割一般的疼……

薛显峰轻轻翻过身，平躺在床上，将右手摁在自己的肝脏上。他不由得一惊，觉得自己的肝脏不对劲儿：鼓鼓囊囊的，不但有些大，而且还有一点儿硬！

薛显峰摁着肝脏不敢放手，好像一放手，肝脏就会从腹腔里跳出来似的。他就那样摁着，摁着，直到天亮。

妻子把早饭摆在饭桌上时，看出了他的异样：“显峰，舅舅这一病，可把你折腾够戗，瞅瞅你的脸色多难看。”薛显峰流泪了，没说话。妻子又说：“人死不能复生，你个当外甥的，尽到孝心就行了，别难过了，快吃饭吧！”

薛显峰拿起筷子，却一点儿胃口也没有。他叹了口气，觉得右侧肋下隐隐作痛。他皱了皱眉头，放下筷子，走进卧室倒在了床上。

妻子急忙跟进来，摸了摸他的额头，不热，就问："哪不舒服？"

"这儿，难受。"他用手指了指肝脏的位置。

"先吃饭，吃完饭到医院看看去。"

"看肝病是不能吃饭的，喝水都不行。"

"那咱们现在就去县医院。"

县医院。采血，化验肝功；肝胆B超。

结果出来了：一切正常。

妻子笑了。薛显峰没笑，病长在自己的身上，医生说正常就正常了？

薛显峰感觉自己的肝脏越来越不舒服了。他整天愁眉苦脸，怕油腻，食欲减退，嘴里泛苦……妻子见他一天天消瘦，就说："咱们再去医院检查一下吧。"

"不去，县医院那些白痴，查不明白。"

"那咱们去市医院吧。"

市医院。采血，化验肝功；肝胆彩色B超；胃透，胸透；心电图，脑电图。

结果出来了：一切正常。

妻子长出了一口气。医生开玩笑说："你丈夫各项指标都很好，五十多岁的男人了，身体能保持这样，你这做妻子的有功啊！"

妻子笑了，可薛显峰的心里却更没底了，明明肝脏有病，检查别的地方做什么？市医院的水平并不比县医院强多少，当初舅舅的肝癌就是到了省肿瘤医院才确诊的。

薛显峰整天郁郁寡欢，身体每况愈下。妻子成天为他做好吃的，可他吃不下。妻子就哄他，就像当年哄他们的儿子一样。他怀疑妻子知道什么了。当初，舅舅得了肝癌，舅妈就一直瞒着舅舅，也这样哄舅舅。他开始失眠了，整天心神不宁，坐立不安，他感到了死亡的恐惧。

妻子四处求医。有人出主意，让她去找心理医生。

薛显峰火了："我得的是肝病，看哪门子的心理医生？"

妻子抹起了眼泪，很无助，也很伤心。

"上省肿瘤医院吧！"他说。

省肿瘤医院。采血，化验肝功；肝胆脾肾彩色B超；胃透，胸透；心电图，脑CT；核磁共振。

结果出来了：一切正常。

妻子哭了。她企求医生："给开一个有肝病的诊断书吧！"

医生摇头，没有病，不能做有病的诊断。

她找了一个熟人说情，又花了一笔钱，总算把诊断书弄到了手：肝脏疑似病变，待查。

看见诊断书，薛显峰那颗悬着的心终于踏实了。

回家调养，妻子还是换着样给他做好吃的。这回，他能吃得下了。他告诉自己：吃一口少一口了，我的日子不多了。

妻子没督促他吃药，本来就没有病，吃药做什么？他也懒得吃药，吃了又有什么用呢？舅舅那么抢救，最后不还是一个死嘛！

一个月来，薛显峰饮食正常，但吃过饭，他就躺在床上，用手摁着肝脏，不时像舅舅一样，驴似的号叫几声。他嚷着肝疼，却拒绝去医院，他说医生全是白痴，治不好他的病。

半个月后的一天早饭后，薛显峰躺在床上，又一次想到了舅舅。恍惚间，他好像看见了自己的肝脏正由红变紫，由紫变黑，一点儿一点儿地腐烂；他仿佛闻到一股腐臭的怪味，那气味来自他的体内，确切地说，是来自他的肝脏。

"我的肝呀！疼死我啦！"

在一阵尖厉的号叫声后，他趁妻子不在家，做出了最后的决定——用一根绳子结束了自己的生命。

生死诺言

床头灯半睡半醒地望着仰卧在床上的男人和女人，将一抹淡黄色的柔光镀在男人和女人身上。

女人放下书，对男人说，李姐的男人没了，李姐哭得跟什么似的。

男人听女人说话，也放下书。男人对女人说，现如今人脆呀，说没就没了。

女人听了男人的话凑过来，头枕在男人的肩膀上，说，你要是走了，我也不活了。

傻瓜！男人搂住女人的肩膀，说，生与死谁也说了不算的，如果我先走了，你就再找一个比我好的。

我不！女人说着，眼里滚出泪滴。女人接着说，我生是你的女人，死了也是你的女人。

男人很感动。

男人把女人搂得更紧了。

男人说，那我就不走，等你走了我再走。

男人说这话时底气不足。男人比女人大七岁不说，而且男人不爱惜自己的身体，抽烟喝酒打麻将什么都好。男人和女人以前就说过，男人肯定得走在女人前头。

哎，女人爬起来，趴在男人的胸脯上，问男人，我要是先走了，你会再找吗？

男人叹了口气，没说找，也没说不找。

女人说，你说嘛！

男人又叹了口气，说，你想听真话，还是听假话？

当然是真话。

找。

没良心！女人转身倒向一边，用被把身子裹得严严的，生怕被男人侵犯了似的。我要是死了，你就找别的女人啦？你就把我忘啦？你就忍心让我一个人走？

男人说，是你说要听真话的——说假话谁不会！

啥？你是说我在说谎吗？女人坐起来，大声对男人说，我说的是真心话，你要是走了，我就跟你去！

男人知道女人说的是真心话。

男人被女人感动了。

男人坐起来，哄女人躺下。

女人撅嘴，很生气的样子。

男人说，我是说着玩儿的。

男人又说，我哪能让你先走呢？

男人还说，你要是走了，我也跟你去。

女人笑了。

男人也笑了。

结尾一

后来，男人走了。

男人是被汽车撞死的。

女人哭得跟什么似的。

女人安葬了男人，心里空空的。心里空空的女人就想起自己对男人的承诺。

女人想起自己的诺言后，她就偷偷地笑了，她笑自己傻。

女人很快就从失去男人的悲痛中走了出来。她想，我还年轻呀，我的人生之路还长着呢！

再后来，女人就嫁给了另一个男人。

女人生活得很幸福……

结尾二

后来，女人走了。

女人是被汽车撞死的。

男人哭得跟什么似的。

男人安葬了女人，心里空空的。心里空空的男人就想起自己对女人的承诺。

男人想起自己的诺言后，他怎么也不能从失去女人的悲痛中走出来。他想，我怎么能让她一个人走呢？他又想，我已经一把年纪了，没了女人，还活个什么劲儿呀！

再后来，男人服了安眠药，找女人去了。

男人走得很悲壮……

结尾三

后来，男人走了。

男人是被汽车撞死的。

女人哭得跟什么似的。

女人安葬了男人，心里空空的。心里空空的女人就想起自己对男人的承诺。

女人把遗书放在沙发桌上，就要去找男人了。

女人爬上了楼顶。女人飞身跳下时，忽然后悔了，但来不及了。女人大叫一声，身体就随着喊声飘了起来。

女人没感到一丝疼痛，就飘到了另一个世界。

另一个世界一片漆黑，冷飕飕的。女人找呀找呀，终于在一间灰暗的房子里找到了男人。

男人问女人，你怎么来了？

女人回男人，我找你来了。

男人说，你为什么来找我？

女人说，我是你的女人——我们说好了的，你要是走了，我就跟你去。

男人摇了摇头，说，那是说着玩儿的，你怎么当真了呀！

女人说，怎么是说着玩儿的呢？我说的是真心话。

男人说，你走吧，这里不是你该来的地方。

女人说，我不！女人说着，眼里就滚出了泪滴。女人接着说，我生是你的女人，死了也是你的女人。

女人还要说什么，男人一转身，不见了。

女人刚要去追男人，另一个女人拦住了她的去路。

另一个女人说："到此为止吧，他已经是我的男人了……"

丧　失

罗德的太太伊娜快要分娩了。

产院的医生为伊娜做了3T（即AT、BT、CT）检查后，在病例簿上盖下“产妇身体未见异常”和“胎儿身体未见异常”的蓝色印章。然后扯下一张处方。罗德接过来一看，是一份参加“分娩学习班”的“入学通知书”。怎么？还要参加学习班？是呀，要参加的，医生说，连种花种草都得学习，何况是生孩子这样的大事呢？医生接着说，所有的人都得参加学习。罗德看了看墙上的价目表，学习班培训费：800元/天！要一个多月的薪水呀！这时，站在一旁的伊娜开始呻吟了，看上去，她很痛苦。医生说，其实学了也没用，反正回来还得剖腹，只是这培训费用……罗德说，我交，我马上交。

别急，医生摆摆手说，培训费是交给医院的，得到收费处办理，您还是先把绿包交了吧！绿包？什么是绿包？罗德不明白。医生耐心地解释：“绿包”就是包着钱的绿色纸包，其实，就是为确保产妇平安，家属自愿送给工作人员的辛苦费，当然，这些工作人员都是为产妇服务的。说着，医生抬头用下颏指了一下墙上的价目表。字很小，罗德凑过去细看。手术医生：1000元；麻醉师：900元；器械师：800元；主管护师：700元；护师：600元；保管员：500元；消毒员：400元；清扫员：300元；担架员：200元；电梯员：100元……就在罗德看价目表时，门口已经挤满了人，有的还伸长了脖子向屋里张望。医生对门外的人说：“排好队，绿包人人有份儿。”

罗德如数发完绿包后，手术室保管员抖出一串钥匙，将产房的门打开。护师热情地搀扶着伊娜走进产房。罗德看到，还有几个拿了绿包的人也跟了进去。

把手术费交了，医生说着，扯下一张处方，上面只有四个字：剖腹手术。请您放心，医生告诉罗德，我们很快就会把您的孩子取出来的，这种手术做起来很容易，就像从皮包里掏出一个玩具那样简单，而且没有任何危险。

罗德说，医生，我不想让我的太太做剖腹手术。

你太太生孩子，不让她做剖腹手术难道还让我做剖腹手术？医生满脸不高兴的样子。

我是说，让我太太自己生。

是的罗德先生，剖腹手术就是让你的太太自己生。

自然生不行吗？

医生说，我听不懂你的话，你能说明白些吗？

罗德说，我已经说得很明白了，自然生就是让我的太太自己生。

医生说，哦，你没参加分娩学习班，所以还很无知。如果生孩子不剖腹，那你们到产院来做什么？如果生孩子不剖腹，那还要我们医生做什么？

罗德说，医生应该帮助产妇安全地生产，并且监护婴儿，确保母子平安。

医生说，没错，我们当然要让母子平安了，可是胎儿还在产妇的体内，不剖腹取出来，你让我们怎样保障母子平安呢？

这时，产房里传来了伊娜的呻吟声，那声音一阵紧似一阵。罗德向产房看了看，满脸的焦急。

不用担心，医生说，工作人员会照顾好您的太太。罗德还想说什么，医生命令说，交款去！

罗德拿着处方，快步向收款处走去。过了好一会儿，罗德才气喘吁吁地跑回来。医生，还是让我太太自己生吧，我没有那么多的钱呀！医生说，这可是人命关天呀！没钱怎么能做手术呢？

罗德说，让她自己生。

医生严肃地说，不瞒你说，现在的女人已经丧失了分娩功能！比方说我吧，我的外祖母就是剖腹生的我妈妈，我妈妈剖腹生的我，我年轻时剖腹生的我女儿……其实，在我外祖母往上好多代，都是这样“剖”过来的，这是遗传，谁还会自己生呢？

罗德说，虽然我和伊娜加入了你们岛国的国籍，但我们是岛外人呀，我相信，我的太太会自己生孩子的。再说，剖腹生产是违反自然规律的呀，难道你不知道吗?

知道知道，我当然知道。做剖腹手术虽然减轻了产妇的一时痛苦，但却给产妇的身体留下了创伤；女人没有了分娩之痛，连做母亲的自豪感都大打折扣；更可怕的是，婴儿还容易患上“剖腹产综合征”——这些知识我在《医学史》里早就学过了……医生正口若悬河地说着，护师突然推开产房的门，慌里慌张地大叫一声：“医生，不好啦!”

“出了什么事?”

“伊娜小姐她……她生了。”

“怎么会呢?”医生忽地从沙发椅上站起身，皱着眉头向产房走去。

阿贵是条狗

瞧见了吗？在胡同口那个垃圾箱旁边，瞪着一对黄眼珠盯着流浪汉手里那个烂苹果的就是阿贵。

这个垃圾箱一直是流浪汉的势力范围。无论什么时候，也无论是什么人，只要丢弃了能吃的东西，那个流浪汉就会及时赶到。运气好时，还能捡到整盒的月饼或半只烤鸭。两年前的那个中秋节的黄昏，流浪汉就在一盒月饼中吃出一沓厚厚的人民币！当然，吃出钱的好事是可遇而不可求的，能像现在这样找到一个烂苹果，已经是很幸运的了。

正在流浪汉捧着苹果大快朵颐时，阿贵蹒跚着跑了过来。阿贵那贪婪的目光告诉我们，他已经几天没吃东西了。要不是刚刚在水洼里喝了几口脏水，恐怕他连走路的力气都没有了。

阿贵是一条“混血狗”，他既有看家狗朴实的性格，又不乏宠物狗的乖巧。要是在从前，不要说是烂苹果，就是削好的鲜苹果，阿贵至多只是闻一闻或舔一舔，他是不屑吃这些没有脂肪也没有肉香的素食的。

其实，阿贵也过过苦日子。他的第一个主人是乡下人，很穷。一年到头，阿贵连一顿像样的猪骨头或鱼下水也不曾吃过。夜里，他只能和猪们挤在一起。猪既懒又脏，要多讨厌有多讨厌。有一次，那头尿窝子的母猪居然把尿撒到阿贵的身上，气得阿贵使劲撒咬那头蠢猪。阿贵听不懂猪语，他不知道那头被咬的猪声嘶力竭地叫叫是向主人告他的黑状。主人不问青红皂白，打了阿贵一顿棒子，还剥夺了他与猪同寝的权利。

被逐出猪圈后，阿贵只好钻进柴草垛里过夜。一天深夜，阿贵被一阵杂乱的脚步声惊醒。幸亏他逃得快，才保住一条狗命，但腚上的毛被烧焦了好大一块。

主人家的房子就是在那场火灾中烧落架的。

惊魂未定的阿贵被愁眉苦脸的主人牵到城里，在一处有很多人也有很多狗的地方，阿贵看见主人从一个胖男人手里接过两张百元票子，然后，牵他的绳子就到了那个胖男人的手里了。阿贵不愿意离开主人，但他别无选择。

阿贵后来才知道，胖男人是个“什么长”。阿贵始终不知道胖男人的名字，也没有人叫他的名字，大家都叫他什么长。

胖男人的太太比胖男人还要胖，小保姆倒长得像花儿似的。阿贵很喜欢小保姆。她给阿贵洗澡，理毛，还喂他鱼罐头、火腿肠。阿贵以前从来不知道世界上还有这么好吃的东西。阿贵想，能吃上这么好的东西，就是死了，也知足啦!

胖女人也喂阿贵，桂圆、芒果、荔枝、哈密瓜……胖女人吃什么，就喂阿贵什么。刚开始，阿贵是来者不拒，给什么吃什么。阿贵知道，只有他吃了，胖女人才高兴。阿贵还知道，让胖女人高兴，就像在乡下为主人看家护院一样，是他的天职。

没多久，阿贵的毛就闪闪发亮了，连腚上烧焦的毛都光鲜油亮了。阿贵发觉，自己裆下的肉一天天地膨胀起来。阿贵想起了花花，那是一条好看的乡下母狗。每年到交配的季节，阿贵就跑到屯子东头去找花花。和花花在一起时，阿贵觉得时间过得好快好快。乡村的夜晚静得没有一点儿噪音，阿贵就和花花一声一声地叫，聊天儿。

虽然没到季节，但是阿贵却有了欲望。阿贵知道，这都是因为胖男人。那天，胖女人不在家，阿贵看见胖男人把小保姆拉进卧室时，并没多想，他就悄悄地在门口蹲着。可当他听到小保姆发出了和花花一样的叫声时，他的身上就燥热起来，就开始想他的花花了。

胖女人在家时经常牵着阿贵出去散步。那天，阿贵跟胖女人刚下楼，他就拉着胖女人往小区花园奔，因为他已经嗅到母狗的暗香了。果然，有一条漂亮的母狗牵着她的主人向这边走来。没等阿贵向母狗问好，母狗的主人抢先说话了：看哪！多可爱的狗儿，一看就是一条高贵的狗，可比我家的花花强多啦！阿贵没心听主人说什么，他自顾凑上前向那条也叫花花的母狗示爱。他一边问好，一边嗅着花花的身体。当他伸出舌头舔花花的尾巴根儿时，花花很害羞，大叫着躲到主人的脚下。

胖女人拉了一下绳子，刚要呵斥阿贵，花花的主人却抬腿踢了花花一脚，大声说还不快过去，人家瞧得起你，躲什么躲？不识抬举的东西！胖女人说，这玩意儿和人一样。两个女人都哧哧地笑了。听到笑声，阿贵的胆子更大了，他向花花扑了过去。这次，花花没有躲闪……

打那，阿贵天天下楼。有一次，阿贵随胖女人走进一家杂食店。他看到柜台上放着花花绿绿的东西，就扒着货架叼下来一袋。胖女人伸手要打阿贵，却被店主拉住了：阿贵多聪明呀，这么好的狗怎么能打呢？想吃就让他吃嘛！阿贵咬开包装，火腿肠的味道，很好。他尝了一口，肉不多，全是淀粉。阿贵很扫兴。这时，门外走过一条母狗，阿贵转身奔了过去。

直到离开胖女人的家，阿贵也没弄明白什么叫“双规”，但他知道“双规”一定不是什么好东西，要不，胖女人听到什么长（就是那个胖男人）被“双规”了时，怎么会那么伤心呢。

阿贵是和小保姆一起被胖女人赶出家门的。那天，阿贵一直跟着小保姆，小保姆上车时，他也上了车。没想到，小保姆竟一脚把他踹了下来。

阿贵舔了舔鼻子，像做了一场梦。

现在，阿贵想的是：怎样才能从流浪汉的手里抢下那半个烂苹果！

死不瞑目

你死了。

你倒在了办公室的靠背椅上。

最先发现你出了意外的是秘书小赵。小赵见你蜷缩在椅子上，脸色蜡黄，双目紧闭，他的第一反应就是拨“120”。你非常清楚什么叫“无可救药”，你想阻止赵秘书，但你做不到，因为你已经死了。

急救中心的医生拉起你冰冷的手，在你的手腕上触摸了十几秒钟后，接着扒开你的左眼看了看，又轻轻地合上你的眼睑，摇了摇头说：“不行了。”

小赵听到“不行了”后，立马给你的夫人打电话，他带着哭腔说：“马姨，杨处长他……病了。”

“是心脏病吧?”你的夫人未卜先知。

“是的，很重——马姨我让司机去接您……”

你躺在太平间里很久了，你对“入土为安”这个词有了全新的认识和理解。你觉得好寂寞好孤单，于是，你趁天黑悄悄回到自己生前的办公室。

有人说“人死之前自己知道”，纯粹胡说。你现在才明白：生与死其实相距很近很近，一不留神就到了另一个世界，连个招呼都没人跟你打。

那天司机早早把车停在楼下。你像往常一样，用完早点就匆匆下了楼。一切都没什么两样。

司机刚拉开车门，夫人便推开三楼阳台的窗子，高声喊：“老杨，药!”你看一眼夫人和她手中的药瓶，摆摆手，像是说“再见”。

天天在西服口袋里揣个小药瓶，累赘。好在夫人每天都在你出门前把西服准备妥当，那个小药瓶也总是装在你上衣左侧贴胸的口袋里。

两年前那次你昏倒在抗洪现场后，“速效救心丸”就与你结下了不解之缘。夫人也常提醒：“心难受就含上几粒儿，啊!”

“好好好!”你总是这样回答。

也许是因为长期“备而不用”，夫人这次给你换西服时，居然忘记揣上那个小药瓶，否则，也许不会……你才58岁呀！

办公室里没人。

会议室的门虚掩着，有人说话。

你轻轻推开会议室虚掩着的门，里面灯光刺眼，烟雾弥漫。

“杨处长的确是因公去的。”一位副职说。

“按规定应该给家属些补偿，可……”另一位副职欲言又止。

“再跟马凤好好谈谈吧，‘西欧五国’就不要去了，非要散心就去‘新马泰’吧。”一位副职对工会主席说。

工会主席面露难色：“马凤说了，老杨答应过她，要领她到欧洲——现在老杨为了工作累死在工作岗位上，她说她提这点儿要求并不高。”

“房子的事儿落实了吗？”一位副职问另一位副职。

“落实了，马凤挺满意，正装修呢。”

你越听越气愤。你想说什么，可是张不开嘴，因为你已经死了。

你清楚地记得，一次夫人数落嫁给你七八年了什么光都没沾上时说的话：“你看人家当官儿的，参观考察谈项目，整天满世界飞；今天有送钱的，明天有送物的。再看看你……”

“好好好！”你轻描淡写地说，“赶明儿我领你出国还不行？”就这么一句，马凤她竟信以为真了。

房子的事儿你怎么也想不明白，你们结婚时新换的三室一厅已经够宽敞的了，两个月前又重新喷的乳胶漆。她怎么还要房子？

你后悔当初不该走这一步。前妻去世后，你慎重再三，要不是大家左劝右劝，你真的不想续弦。当时那么多人替你物色，你一再坚持：小十岁以上的不予考虑。你说你找的是夫人是伴侣，不是……唉！

你已记不清躺在太平间多少日子了。终于熬到了出殡的日子。那么多人来为你送行！许多人都流了眼泪。

不知道谁眼尖：“呀！杨处长的眼睛怎么还睁着呢？”声音虽小，但你听得真切。

马凤也分明看到了，她大放悲声：“哎呀呀老杨啊！你一身正气两袖清风还有什么不放心的呀……”你忽然发现：马凤是个精明人，连哭丧时都能把挽联上的词儿派上用场。

这女人！突然，你的眼睛睁得更大。

心　境

你心境不好。

心境不好时别出门，不顺。你在心里告诫自己。

大王和小李找你逛公园，你没兴致又不好拒绝，因为你们是铁哥儿们，所以你还是出去了。

公园里吵吵嚷嚷烦死人。

游园餐厅备有各种炒菜啤酒白酒饮料主食米饭水饺面条馒头锅烙油饼糖饼花卷包子狗熊拉车大象倒立小鸟学人讲话空中飞车大变活人会说话的美女蛇首次展出……

你心境很不好。

你觉得大喇叭喊的与“今年二十明年十八”的电视广告一样，令人作呕。

出于哥儿们情谊，你硬着头皮陪哥儿俩一起看了杂技魔术表演。

门票五元，没座位，只好站在拥挤的人群里。疲劳，烦躁，无聊。

你心境很坏。

看到美女头毒蛇身的美女蛇时，观众很兴奋，大王和小李也很兴奋，可你努力了六次也没兴奋起来，你知道那是光学作用。你认为大喇叭与那个手执魔棍花言巧语的家伙是在戏弄游人欺骗观众。

你心境更坏。

走出杂技场，你口干舌燥。

吃冰糕我请客，你说。

吃完冰糕掏钱时，你发现出门时装在上衣口袋里的二十元钱不见了。

你很尴尬。幸亏大王随手掏出一张十元票抢先付了，否则你准会狼狈不堪面红耳赤无地自容。

二十元钱丢了，丢了二十元钱。你很沮丧。

二十元钱不多，但你不像大王和小李兜里总装很多钱，那二十元钱是你携带的全部财富，然而丢了。你认为自己很窝囊很倒霉很不幸。你只好打掉牙齿往肚里咽，索性默不作声。

你心境坏极了。

穿过熙熙攘攘的人群，绕过假山，你们坐在柳荫下。

环境清幽，凉爽宜人。你只感到疲惫，懊恼。你心烦意乱。

你心境依旧坏极了。

“我钱咋没了?”小李突然大叫一声。

你一惊。

小李说他带了两张“百零”，一分没花全丢了。

几乎同时，大王也大叫一声：“我的钱也不见啦!”

你又一惊。

大王说吃冰糕时掏出十元，剩下四百多元塞到后屁股兜里了，没了全丢了。

你跳起来，认真地帮他俩翻遍了所有的衣袋找了好一会儿，的确丢了。

你算了一下，小李丢的钱正好是你的十倍，而大王比你的二十倍还多……

归途，大王和小李垂头丧气缄默无语。

你瞥一眼两个倒霉蛋儿，轻轻地哼起那首叫不出名字的歌：“我是一个幸运的人……”

倏地，你心境很好。

大王、小李相视一笑……

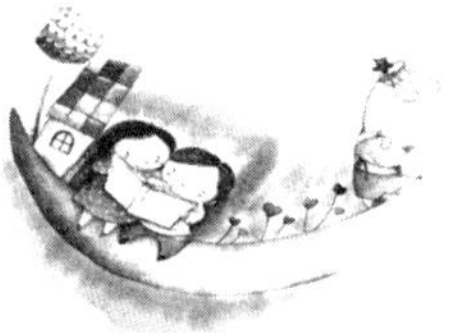

马雪丽之死

马雪丽自杀啦！

马雪丽自杀啦？好多人都不相信。刘大伟更不相信，要不是警察把那份遗书递给他，刘大伟说什么也不会相信。

马雪丽和刘大伟结婚还不到一年，小两口儿恩恩爱爱，相敬如宾，马雪丽怎么会突然自杀了呢？这话还得从头说起。

俗话说，马勺没有不碰锅沿儿的，这话一点儿不假。时间久了，再恩爱的夫妻也会有闹矛盾的时候。这不，就因为马雪丽的一句话，刘大伟把门一摔，到公司“值班”去了。

那天晚上，刘大伟在卫生间洗澡，喊马雪丽给他搓背。马雪丽走进卫生间时，闻到一股香味儿，她问刘大伟，是不是用了她洗脸用的香皂。刘大伟说是，还得意地说，要不能这么香？马雪丽说，刘大伟你是个败家子儿！我买这块香皂时是下了半天决心才舍得买的你知道不知道？我和你说过的，我是干性皮肤这块香皂留着我洗脸用你忘了吗？你可倒好用它来洗身子洗屁股你说你不是败家子儿是什么！刘大伟说，你要是喜欢用我明天给你买回十块行了吧？马雪丽说刘大伟你放屁！说完，马雪丽就跑回卧室，把刘大伟扔在了卫生间……

刘大伟摔上门跑到单位，是想给马雪丽点儿颜色看看，让她闭上那张乌鸦嘴，看她还敢不敢满嘴跑火车。刘大伟倒在办公室的沙发上翻来覆去睡不着，就拨通了老同学亮子的电话。亮子说我正想找你呢，真是哥儿们。亮子接着说，我明天带老婆去旅游，你能帮我看家吗？刘大伟说小事儿一桩，天亮我去你家取钥匙。

第二天晚上，马雪丽以为刘大伟肯定会回家的，可她左等刘大伟不回来，右等刘大伟也不回来。马雪丽恨恨地想，有种你永远别回来！

刘大伟一面“惩罚”老婆，一面帮人看家，像没事儿似的。

刘大伟公司的财务室有个女会计，大名叫马丫，外号“马大姐”，三十大几的人了，说话嗲声嗲气的。人倒是不错，心直口快，大嗓门儿。这天，刘大伟正在办公室愣神儿，就听走廊有人喊接电话。

“谁的电话？”马丫问。

没人回答。

“真讨厌！”刘大伟知道，马丫说谁“真讨厌”就像是说谁“你好”一样随便。

刘大伟三天没回家，还真有点儿想老婆了。他想给马雪丽打个电话，可又觉得没面子。他想，我不回家，你马雪丽也不给我打个电话，还关心不关心我呀？刘大伟想要好好教训一下马雪丽。他拿出录音笔，来到财务室门口，见马丫在屋，就大声喊：“电话！”然后打开录音笔，就听马丫嗲声嗲气地问：“谁的电话？”刘大伟低声说：“反正不是你的电话。”马丫抬头看见刘大伟站在门口，就大声说：“刘大伟你真讨厌！”

刘大伟做了个鬼脸儿，然后蹑手蹑脚地回到办公室，打开录音笔一听，效果很好。

那天晚上回到亮子家，刘大伟想给马雪丽打电话。他本来是想等马雪丽打来电话时，他再把帮老同学看家的事儿告诉她，没想到，马雪丽比他有“耐力”。刘大伟想，既然马雪丽不主动打电话，我就打吧。他刚拨通家里的电话又后悔了，急忙合上了手机。很快，手机响了，一看号码，是家里的电话。刘大伟的心怦怦地跳，他想听听马雪丽说什么。摁了接听键，他屏住呼吸。没有动静，他忽然想起为马雪丽准备的录音了，忙找出录音笔，放音。这时，刘大伟听见电话那端传来了抽泣声，他想要安慰马雪丽，告诉她，他是在帮亮子看家呢，明天亮子一家就回来了。可没等他说话，马丫抢先说话了：“谁的电话？”

“反正不是你的电话。”这是刘大伟的声音。

“刘大伟你真讨厌！”

听到电话那头儿有女人的声音，马雪丽差点晕过去。她怎么也想不到自己深爱着的老公会因为自己的一句话就离家出走，更让她不敢相信的是，他在外面还找了女人！

马雪丽大脑一片空白。她记不得自己是怎么放下电话的，也不记得刘大伟后来说了什么。说什么都是假的，那个女人说的话马雪丽听得一清二楚。

马雪丽抹了一把眼泪想，刘大伟还是爱自己的，要不，他为什么半夜往家打电话？可她很快又否定了自己的判断。如果他真的爱自己，为什么还要和别的女人在一起呢？马雪丽决定：找老公去。不管那个女人是谁，她都要抢回自己的老公！

马雪丽不再怄气了。她边穿外衣边想，就算找到了刘大伟，他不肯回来怎么办呢？她灵机一动，找来一张纸，挥笔写下："刘大伟：我不想活了！"然后签上"马雪丽"的大名，并在下面写上了日期。她想，如果刘大伟不回来，就把这份"遗书"扔给他。

走出楼院，马雪丽却不知道往哪走。刘大伟在哪？三天多没回家，他住在哪呀？她对刘大伟的行踪一无所知。马雪丽在大街上漫无目的地走了好半天，才想起给刘大伟打电话。她从包里翻出IC卡，在路旁找电话亭。

午夜，路上阴森森的，路灯熄灭了。偶尔有几辆出租车像梦游似的忙碌着。

借着车灯，马雪丽看到马路对面有个电话亭，她急忙奔过去。

就在马雪丽横穿马路时，一辆拉石料的大卡车呼啸而来……天亮后，当早起晨练的人看到马雪丽的尸体时，肇事的汽车早没了踪影。

警察从死者包内的遗书断定：马雪丽系自杀死亡。

听见你的心声

李子鹤李局长到岛国考察，回来后发现自己能听见别人的心声。

李子鹤的耳朵正常，什么中波短波超声波，别人听不见的，他也听不见。从岛国回来就不一样了，先是发高烧，高烧四十一度，在医院挂了七天吊瓶。出院后，耳朵突然有了特异功能——能听见别人的心里话。

出院第一天，李子鹤早早来到办公室。勤杂工小刘正在打扫卫生。小刘是临时工，沉默寡言，很少说话。见李子鹤李局长进门，小刘对他笑了笑，算是打了招呼，继续低头擦桌子。李子鹤看了小刘一眼，就听小刘说，再住几天院多好，怎么七天就出院了？

你说什么？李子鹤不相信小刘能说出这样的话。

小刘抬起头，脸腾地红了，小声说，我没说什么呀局长。

李子鹤瞪大眼睛看着小刘。

小刘紧闭着嘴，不好意思地看着李子鹤李局长。李子鹤听见小刘说，我没说出声呀，他怎么听见了？

是呀，李子鹤说，你没张嘴嘛，但你说的话我听得清清楚楚。

李子鹤又说，小刘呀，有什么意见呢，你可以提嘛，怎么可以咒我住院呢？是不是？

小刘说，对不起局长，我去投抹布。说完，转身向外走去。

李子鹤瞥一眼小刘的背影，听见小刘说，妈呀，吓死我了，真见鬼！

李子鹤也觉得蹊跷，小刘没张嘴嘛，怎么能说话呢？他摇了摇头，像做梦一样。

出国回来后，一个星期没上班，一堆文件等着他签阅。李子鹤刚拿过一份文件，王长贵王处长就进来了。虽是下级，但李子鹤和王长贵是一起摸爬滚打的铁哥儿们，两家的关系也走得很近，可以说是不分彼此。

王长贵进屋就说，中午喝点儿？给你压压惊。说着，一屁股坐在李子鹤李局长对面的黑色真皮沙发上。

就是重感冒，没那么严重。

重感冒能发烧到四十多度？王长贵说完，笑着看李子鹤。

李子鹤微笑着看了一眼王长贵，就听王长贵说，动不动就出国开洋荤，没准儿得上艾滋病了呢！

李子鹤李局长把脸沉下来，说，长贵你小子不地道呀！什么开洋荤艾滋病？说谁呢你！

王长贵腾地从沙发上站起来，说，我，我……我没说呀？

李子鹤压住火气，说，王长贵，我可拿你当自己的兄弟呀，你怎么当面一套背后一套呢！有什么意见呢，你可以提嘛，怎么可以咒我得艾滋病呢？是不是？

李子鹤又说，我这忙着呢。没事儿的话，你可以走了。

李子鹤说完，挥了挥手，瞥一眼王长贵，就听一脸窘相的王长贵说，他奶奶的，什么时候成我肚里的蛔虫了？

你！李子鹤一拍桌子，你给我滚！

赶走王长贵，李子鹤觉得心里堵得慌。身为下级，还是多年的铁哥儿们，怎么能咒我呢！他想不明白。想不明白，就不想。当了多年的局长，这一点他是想得开的。

李子鹤把办公室的门反锁上，重重地坐回到沙发椅上。

忙完工作，已经过了下班时间。回到家，夫人早就准备好了饭菜。

坐在饭桌前，他看也不看夫人一眼，就气呼呼地说，这个长贵，太不像话了！

夫人早就习惯李子鹤的冷脸了。从打当上副局长开始，他就这德行，很少拿正眼看她。听李子鹤骂王长贵，她心里激灵一下，但没说话。

见夫人不搭腔，李子鹤抬头瞥夫人一眼，就听夫人说，长贵得罪他了，还是他知道什么了？

李子鹤说，我，我什么都知道！说完，瞪大眼睛盯着夫人。夫人的头低了下去，李子鹤就听夫人说，糟了，这么小心还是让他知道了，这个死长贵，还说怕我露馅儿呢……

李子鹤一拍桌子，大声说，你跟长贵这些年眉来眼去的，拿我当瞎子呀！

夫人抬起一双泪眼，说，你今儿个出国，明天考察，想过我吗？再说了，你趁我回娘家，把那个小狐狸精领到家里我说什么啦！说完，哭着跑进卧室，把李子鹤关到门外。

李子鹤在饭桌前坐成一尊泥菩萨。

一天来发生的事让他惊悚不已：他看着谁，就能听见谁的心声——这太可怕了。能听到别人的心声，这是多么痛苦的事啊！想当年，他连做梦都希望自己能看透别人的心思，尤其是想看透顶头上司的心思，他曾经多么想能拥有一眼就看透别人心思的特异功能啊！可是，想归想，他办不到。今天，李子鹤忽然有了这种特异功能，可他能高兴起来吗？他不敢想象，有了这种特异功能后，他还怎么生活！

李子鹤身心俱疲，双眼紧闭，两行清泪争抢着向下滑落。

精　彩

岛国的男人大多迷恋电视，单身的男人尤其如此。

下班回到家，他每天都自己动手做饭。吃完晚饭，休息半小时，然后他就边锻炼边看电视。遇到特别精彩的电视节目，比如足球比赛，他就停止运动，静静地坐在沙发上看电视。

自从M国对疑似拥有大规模杀伤性武器的Y国发动战争后，他就半宿半夜地守在电视机前。他觉得，这些有关战争的报道比足球比赛还要精彩。轰炸机，坦克，导弹，榴弹炮，真刀真枪。他经常在电视新闻中看到防空炮火映红了夜空的情景，这比观看节日焰火还叫他兴奋。

妇女，儿童，老人，伤亡人数与日俱增。

最初看到这些报道时，他很难过，他曾为那些无辜的死难者落泪。看到那个可爱的小男孩头上包着纱布，泪流满面地哭喊着“Ma ma”时，他的心像被针刺了一样。

他痛恨战争！

渐渐的，他习以为常了。如果哪天看不到惨烈的战争场面，他就会感到失落。关上电视后，他就像看了一场没有进球没有点球也没有红黄牌的足球比赛一样，心里空空落落的。冷静地想想，他还是希望战争能尽快结束，更希望那些饱受战乱摧残的Y国百姓能早日过上安定的幸福生活。隐隐的，他又有一丝不舍，如果战争结束了，晚上看什么呢？

精彩依旧。

战争打起来容易，结束难。残酷的战争是不会以电视机前某个观众的意志转移的。随着战事的深入，不久，M国的地面部队没用一枪一炮，便顺利地占领了Y国的首都B城。

电视节目主持人把球踢给了两位军事专家。两位专家面面相觑，不知道作何解释：Y国那号称钢铁之师的精锐部队呢？蒸发了吗？难道B

城有通往国外的地下通道不成?

他坐在沙发上，失望极了。他没有看到“更激烈的战斗”。电视画面上出现了许多B城的居民，扯着条幅，欢呼着，雀跃着。据主持人说，条幅上写的是欢迎M国军队的标语。矗立在B城中央的总统塑像被人用绳索一点一点地拉倒了。

他不敢相信，一个主权国家的政府，就这样被外来的军队推翻了。作为岛国人，他感到不可思议。

战争并没有就此结束，但令他震撼的场面越来越少了，他看电视的兴趣也大不如前。每天晚上，军事专家仍然像足球评论员一样解说、分析，但他越来越没有兴趣了。偶尔有汽车炸弹爆炸的消息让他眼前一亮，但也稍纵即逝，因为他能看到的只是爆炸后的现场，这怎么能提起他的兴趣呢?

好在还有球赛。一场又一场足球比赛，打发一个又一个无聊的夜晚。

那天他上早班，午饭后，他没有马上休息。他坐在沙发上，打开电视，等待一场同城德比大战，胜负将直接影响两支球队的排名。他泡上绿茶，早早坐在电视机前。

忽然，房屋剧烈地晃动起来。他摇摇摆摆地站起身，从衣架上抓过外衣，打开冰箱取出应急包，刚想冲出房门，但已经晚了，他被一种从未体验过的外力束缚住了，动弹不得。他知道，地震了。

他的手脚被散落的墙体或家具压住了，他试图自己爬起来，但他的努力是徒劳的。他知道，他唯一能做的，就是等待。他想，每当有灾难降临，救援人员就会及时赶到现场，一起赶来的还有新闻记者。好多好多人都会坐在电视机前，像看足球比赛一样观看。他还记得，那场战争平息后，C国发生过一次8.0级的大地震，救援的场面就相当精彩，据说那次地震死了八九万人呢。他为此兴奋了好多日子。

眼下，他实在兴奋不起来，他只想逃出去，越快越好。他知道，靠他自己的力量是不可能出去的，他只能等待救援。他想，如果24小时之内能被救出去，他就留在现场，他要与救援人员一起去救那些仍埋在废墟下的人。当然，前提是，他必须平安地出来。

他不敢睡觉，这是常识。他还不清楚地震是不是引起了海啸，他知道海啸将比单纯的地震更可怕。

周围死一般静，除了偶尔大地有些震动外，没有一点声响。

他吃力地睁开眼睛，四周一片漆黑。他不知道自己睡了多久，只感到浑身不适，口干舌燥，他觉得自己连呼吸的力气都没有了。他动了动舌头，发出一种木板与木板摩擦的声音。他知道，他已经不可能发出声音了。他努力地动了动手臂，压在身下的右手已经没有知觉了，左手的手指还会动，手中是空的，应急包不知道在哪里，包里有饮用水，还有吃的。他担心不吃不喝自己挺不了多久，他想到了死亡。这让他毛骨悚然。

我如果能被救出去，他想，即使我的右手不能抬起，举左手也是可以的。他想好了，他一定要向营救他的警察敬礼。是的，他要庄严地敬礼！

坐在电视机前的观众如果看到他用左手敬礼，会感到很精彩吗？会的，他想，一定会的。

想到这，他吃力地咧了咧嘴角，笑了。

谁说分手

伟男和春英的感情出现了危机。确切地说，是伟男不爱春英了。

好好的一对恋人，该做的不该做的都做了，两个人好得跟什么似的，忽然间，感情出现了断层，你说怪不怪？

第一次同居后，伟男激动地说，春英你真好！伟男还说，今生今世，我只爱你一个。春英眼里闪着泪花，那是幸福的甘露。春英说，我把一切都给了你，从现在开始，我就不是处女了。

是，怎么不是？你还是处女——是被我处理过的女人。伟男调皮地笑。你坏你坏你坏，春英挥起粉拳砸向伟男，伟男顺势一把拉过春英。扑通一声，两个人再次坠入爱河……

伟男和春英俨然是一对夫妻了，只是他们还没领“结婚证”。

春英做了流产手术后，她就不再叫伟男“老公”了，改叫“他爹”。“爹”字不读“一声”，读“三声”，模仿的是小品《超生游击队》里宋丹丹对黄宏的称呼。伟男喜欢春英这样叫他，当爹了嘛，特有成就感！这些花絮都是在他们小天地里发生的，在人前，他们仍然是一对幸福而甜蜜的恋人。

伟男对春英的爱有所动摇是在他参加了同学的婚礼之后。那个同学的新娘真是太漂亮了，她那高雅的气质、娇好的容貌和魔鬼般的身材深深地刺痛了伟男的心。伟男忽然发现，春英实在是太平庸了。论身材，论相貌，论气质，不论哪方哪面，春英都没法和同学的妻子相比。

当伟男用心审视身边的年轻女孩时，他惊得目瞪口呆：如花似玉的女孩子怎么这么多呀？随便哪一个都比春英强。这真是件叫伟男痛苦的事情。

伟男为自己的这一发现感到恐慌。转念一想，毕竟还没结婚，一切都来得及。这要是结了婚，再后悔岂不迟了？

伟男就是从这时起不爱春英的。

和自己不爱的人恋爱，痛苦是可想而知的。伟男眼下正经受着这样的煎熬。

伟男查阅了很多资料，为自己编造了一大堆理由，但当他面对春英时，却总是张不开口。你想，一个女孩子，把一切都给了你，你怎么能轻易地和她说分手呢？

伟男自己开不了口是小事，他知道自己迟早是能开得了口的。问题是，春英听到分手的消息后会有什么样的反应呢？他不敢想象那将会是一种怎样的情形。春英肯定不能接受，也许她会气得发疯。万一她要自杀怎么办？伟男想起他们单位那个同事，非要与老婆离婚，女的死活不同意，可那个同事是“王八吃秤砣——铁心了”。结果，婚没离成，他的老婆却跳了楼。伟男清楚地记得，春英做完流产手术时说过，以后你要是对我不好，我饶不了你！饶不了是什么意思呢？当时伟男连想都没想，现在，他不得不严肃认真地思考这个问题了。

既然分手是迟早的事，长痛不如短痛。

深思熟虑后，伟男决定向春英摊牌。

现在，伟男已经想好了与春英分手的理由，而且理由相当充分。

那天下班，伟男早早地回到家。他亲自下厨，炒了四样菜（以前，这些事都由春英来做）。菜上桌后，他打开一瓶红酒，斟上。等春英回来，喝了这杯酒，他就和春英谈分手的事。

春英回来了。看到桌上的酒菜，她的眼泪像断了线的珠子，扑簌簌地砸了下来。

难道她未卜先知了吗？伟男已经好多天没正眼看春英了。此时此刻，面对春英那一双泪眼，他的心里像打翻了五味瓶，酸甜苦辣咸一起涌来，说不清是什么滋味。伟男告诫自己：不管怎样，他决不改变主意！

春英叫了声伟男（这次没叫“他爹”，也没叫“老公”），说有句话，我早想对你说了，可是你对我这么好，我一直开不了口，怕你伤心难过，可是我不能不告诉你，其实我……已经不爱你了，咱们分手吧。

伟男说你说什么？分手？为什么？

春英说，伟男你别发火，我知道你会受不了的，你说过，今生今世只爱我一个，可是我……已经不爱你了。

伟男伸手掀翻了桌子，桌上的杯盘酒菜滚落一地。

伟男像一只发怒的雄狮，指着春英的鼻子吼着：“凭什么？你说分手就分手？告诉你——门儿都没有！”

垮塌

岛国发生一起震惊全球的事件——灵魂寄存塔垮塌了。顷刻间，所有的灵魂无处寄托。糟糕的是，国家机器全部瘫痪，社会秩序混乱不堪。

镜头一：某机关。

公务员阿德先生匆匆走进办公室，他原打算继续前一天没做完的工作。昨天临下班时，有位居民要办一个签证，需要他在批件上加盖公章。只需他履行一下手续，在批件上轻轻地盖上一个印章，一分钟就可以搞定。当时，因为耽搁了一会儿，就到了下班的时间。按照规定，所有工作人员必须准时离开办公室，他只好停止办公，请那位居民今天来取签证。

今天一早，阿德先生坐在办公桌前，拿出那份批件，刚要盖章，却停下了。他的手似乎不听他的支配了，他眉头紧锁，大脑中忽然闪出这样的念头：凭什么给他盖章？还有一个声音在提醒他：一个章，500 元！

阿德先生放下公章，自言自语道：机会来了。

阿德先生被自己的话吓了一跳，但他很快就镇定下来，他知道，不光他这样做，他今早上班坐计程车居然花了 15 元，而以前只用 10 元。他清清楚楚，并不是计程车调价了，而是司机有意绕了路。

想到那个办签证的人即将出现的焦急的表情，阿德先生开心地笑了。

镜头二：某学校。

课堂上，老师正在和学生做游戏。教室内，笑语朗朗。

不用啃书本了，学生们别提多开心了。临下课时，老师板起面孔，大声呵斥学生。学生们吓得都低下了头。

老师发完脾气，小声说：“都抬起头来吧，我和大家说件事儿——星期天，都到我家去补课，补课费每人每月 1000 元……不补课的，考试成绩落后了，看我怎么收拾你！”

镜头三：某工厂。

厂长刚在老板台后面坐定，女会计就迈着碎步走进门来。

“厂长，这是这个月的工资表，请您签字。”

今天是发工资的日子。厂长看一眼工资表，长长地叹了口气，说：“这个月的工资怎么这么多呀？”

女会计低声说：“和上个月是一样的。”

“一样？为什么一样？全世界都在闹‘金融危机’，我们的产品出口量已经降了3成，工人的工资还要照常发放？”

女会计怯怯地说：“这个，那，那……您的意思是？”

“只发50%，余下的年底再说。”说完，厂长摆了摆手，示意女会计离开。厂长倒在转椅上，眯起眼，摇啊摇，摇出一脸坏笑。

镜头四：某医院。

患者：医生，麻烦您了。

医生：哪儿不舒服呀？

患者：昨晚发烧，今早嗓子有点儿疼，可能是感冒了。

医生：感冒？感冒哪能像你这样！你看看你，这脸色多难看……还是检查一下吧，确诊后再用药，这样更安全。你说是不是？

患者：是是是，谢谢您！

医生：请拿好，先去交费，然后再做检查；查完了，把报告单给我，明白吗？

患者接过厚厚一摞单据：血常规化验、尿常规化验、心电图、胃电图、胸部X光影像、肝胆肾彩色B超、脑部CT、全身核磁共振。

镜头五：某救援队。

世界拯救良知组织迅速做出反应，派出一支训练有素的救援队伍进驻岛国。救援队员双脚踏上岛国的土地后，面对混乱的局面，个个恼羞成怒：

这样的乱摊子，要我们来收拾？

就是嘛，这里的条件太差了，叫我们怎么开展工作？

不安排好吃住，不配齐交通工具，什么也别指望我们做！

救援队员除了与总部讨价还价外，工作没有任何进展。

……

情况紧急！联合国紧急救援中心专家组提出了新的救援方案：在岛外建造灵魂寄存塔，空投到岛国。

坐在电视机前收看新闻的岛外观众忧心忡忡：这个方案能奏效吗？

市长家里被盗了

最先发现钱市长家被盗的是六楼的王副市长。

接到报案后，市公安局局长高大全立即率领警员赶赴现场。

据报案的王副市长说，他每天早晨都起得特别早，今天早晨他刚下楼，就发觉不对——钱市长家的房门大敞四开。王副市长在五楼钱市长家的门口停了一会儿，里面一点儿动静没有。

“市长，钱市长在家吗?”王副市长轻轻地喊了两声，仍没动静。

王副市长知道出事了，就报了案。

现场勘查发现，门锁没有撬轧的痕迹，房间内的物品摆放整齐。公安人员在大客厅内看到，地面上纤尘不染。里屋那个保险柜的门虚掩着，里面空空如也，不用说，已被窃贼洗劫一空。

案发当天，钱市长在省城开会一夜未回，夫人随团旅游正在外地。显然，犯罪嫌疑人对此了如指掌，可以排除流窜作案的可能。从门锁完好无损来判断，窃贼手段相当高明。

高大全立即向市委作了汇报。市公安局成立了专案组，对这一入室盗窃案立案侦查。

钱市长闻讯后火速从省城赶回来。当晚，钱市长找到高大全，要求公安局停止侦查。钱市长说，前些年夫人炒股赚了点儿钱，但是都花在出国留学的儿子身上了。保险柜里没有多少钱。当高大全请他说具体点儿时，钱市长说，也就一两千的样子。钱市长最后说：“个人受点儿损失没什么，就当是花钱买个教训吧——公安局的大案很多，人手又少，这个就不要立案了。”

看到这里，读者朋友也许会猜测，下面的事情可能是这样的：

钱市长“停止侦查”的话已经说晚了，动作神速的公安民警在第二天早晨就将盗窃分子捉拿归案了。收缴赃款：人民币152万元，外币共计

8600 美元。钱市长因巨额财产来历不明，涉嫌受贿罪被刑事拘留。

有的读者朋友也许会猜测，下面的事情可能是这样的：

钱市长“停止侦查”的话已经说晚了，动作神速的公安民警在第二天早晨就将盗窃分子捉拿归案了。收出赃款：人民币 152 万元，外币共计 8600 美元。钱市长因巨额财产来历不明，涉嫌受贿罪被刑事拘留。随后，公安人员的侦破工作又有了新的进展，原来，指使入室行窃的人竟然是报案的王副市长。王副市长因涉嫌盗窃被提起公诉……

其实，这些只是您的想象，事实上，下面的事情是这样的：

案发后的第三天下午，一个年轻人走进公安局局长高大全的办公室，把一个黑色的皮夹子放在局长的桌子上，平静地说：“钱市长家的东西是我偷的，我可以坦白一切，但必须当着钱市长的面儿。”考虑到此事非同小可，高大全直接向钱市长作了汇报。十几分钟后，钱市长来到高局长的办公室。

“小三儿，怎么是你？”钱市长愣住了。

年轻人扑通一声跪在地上：“老姑父，我对不起你……”高大全愣住了。年轻人泪流满面，动情地说：“钱市长是个好官儿啊！局长你看看我偷了些什么呀。”说着，年轻人打开了那只皮夹子。里面除了一沓钱外，还有一张存款单和一份遗嘱。遗嘱上面是这样写的：我当了十年市长，虽然也做了一些实事，但我的老家——西部贫困县的儿童失学问题一直没能解决……如果我不在了，将我积攒的十万元钱捐献给贫困县的孩子们……

看到这里，高大全眼里涌出了泪水。

我可以告诉大家，这是一个真实的故事。我家就住在让钱市长惦念的那个贫困县，说起来，我还是钱市长的远房亲戚呢，钱市长介绍我到市里打工不久，我就学会了开锁技术……我以为他家会有很多钱，哪有当市长的没钱的？我想，偷了他也不敢报案。没想到，他家根本就没有钱。

是的，那个入室盗窃的年轻人就是我。

诱　惑

前面挎地质包的，年纪稍大，组长。另两个，年纪较轻，一胖一瘦，组员。三人正汗水水地向山顶爬，边爬边折断树枝，留作标记。

“歇会儿吧，组长。”胖子说。

“歇会儿吧，看看到哪儿了。”瘦子也说。

打开地形图，观察一阵子。三人相觑，苦笑，无语。

他们知道：现在所处的位置仍在图幅以外，距驻地究竟多远，还不得而知。

唉！都是为了追索那条矿脉，才偏离了踏查路线。

“走吧，”组长收起地形图说，“黑天前得赶回去。”

“组长，我中午吃了两个馒头都饿了，可你天天不带，能受得了？”胖子看一眼组长，关切地问。

“哈，今天我还真带了两个。”组长指了指地质包，轻描淡写地说。胖子瞥了一眼地质包的外兜，鼓鼓的，很诱人。

三条汉子继续向前攀着。

太阳，冷漠地收回目光，悄悄地隐没在林海深处。

那一夜，三条汉子蜷缩在山坳一棵粗大的松树下，互相挤靠着，抵御着无情的山风……

天刚放亮，组长就从地质包中摸出罗盘，打了打方向。

“昨晚队里肯定找了咱们一宿，快走吧。”组长说。

翻过两座山，又攀上一座山，眼前依旧是阴森森的林海。

“我，实在……走不动了。”胖子大口地喘着气，瘫坐在一块绿着苔藓的岩石上。

“起来！”组长吼。

“我饿得……受不了啦。”胖子蔫着头，没动。

“起来，”组长用膝盖顶了胖子一下，“下山省劲儿，到山下，吃……”

终于，跌跌撞撞熬到山下。

山谷，一泓清泉，淙淙流淌。三人趴在溪岸，贪婪地喝起来。

夕阳西下。谷地，黑乎乎的。远处有黑熊的嗥叫声传来，叫人头皮酥酥的。

“组长，吃馒头吧？”胖子乞求着。

“吃吧！组长……”瘦子也乞求着。

“不！没、没时间了，必须马上离开这——翻过这座山，有条公路！”

公路，在这茫茫林海中意味着什么，谁都清楚。可现在腹中空空，饥肠辘辘，加之刚刚灌进一肚子凉水，更觉饥饿难耐。真恨不得抓起块石头啃上几口。

三条汉子艰难地爬到半山腰。

胃，一阵阵泛酸。周身闷燥，已没了汗水。鼻子呼出的气，灼唇。

“我，实在……爬、爬不……动了。”胖子有气无力地喘息着，“吃，吃吧？”说着，伸手向组长扑来。

“你！干什么？”组长把地质包扭向一边。

“我，要吃！”胖子像一头发疯的雄狮。

“你！敢过来……我，我扔了它！”组长取下地质包，举过头顶，转身面对着山谷。

“走吧，啊？”瘦子抓住胖子的手，摇了摇。

三条汉子蛙泳般，双手吃力地分开密密的灌木丛，向山顶挪着。翻过山顶，来到山下。

果然，一条集材路，灰灰地横在眼前。

三条汉子奔救星般扑倒在公路上。得救了！说不定寻找咱们的汽车一会儿就能开来。三条汉子的眼睛，湿了。

“组长，馒头……”组长摸索着打开地质包，抖着手，把两个鼓鼓的小布袋掏出来。胖子和瘦子忙伸手去接。

硬硬的！原来，布袋里装的，是两块沉甸甸的矿石标本……

三个会计

老主任退休后，财务室就只剩下马大姐、大王和小李三个会计了。马大姐资格老、业务熟，是个“老财务”。大王和小李虽然年轻，但两个小伙子都是科班出身，论业务能力，也不在马大姐之下。

正赶上公司换了经理。新官上任，火势很猛。

裁员首先拿机关行职人员开刀：凡是不能胜任现职的，一律充实到生产一线。管理层提出这样的改革口号，在这家酒业集团公司还是第一次。

财务室是公司的“钱匣子”，作用非同小可。老主任退休前，四个会计整天忙得脚打后脑勺。往来账目、职工工资、报税纳税，时不时还要接待审计、税务、财政方方面面的各种检查，忙着呢。

三个会计都知道，公司裁员的原则是“不养闲人”，所以，他们谁也没把裁员的事放在心上，他们关心的是谁能当上财务室的主任。

新经理似乎把精力全部放在产品开发上了，裁员的事迟迟没有动静，哪里还有时间考虑财务室主任的人选问题呢。

三个会计除了做好自己的本职工作外，更加注意自身形象的塑造和人际关系的处理。以往，他们最怕发工资，忙；也怕有人来报销，烦。现在，他们都很看重每一次与职工零距离接触的机会，都想把自己好的一面展示给大家。来有迎声，走有送声，让座倒水，这在财务室是极其平常的事。

三个会计能接触到一线职工的机会并不多。常报销差旅费的，除了营销人员，便是公司领导。

新经理报销的次数最多，数额也最大。

新经理是省经济管理干部学院毕业的，正在攻读硕士学位。虽说学的是函授，但毕竟是“既有文凭，又有水平”，属于那种理论基础和实际经验兼而有之的企业经理人。

新经理上任后主持开发的系列“极品酒”投放市场后，一炮打响，市场很快铺开。公司的酿酒车间、罐装车间、成品车间二十四小时连轴转，加班加点，但还是满足不了市场需求，客户天天催货。

这天，小李刚去国税局报税，新经理就推开财务室的门。马大姐和大王立即起立，让座。

新经理笑了笑，将一沓票子放在大王的桌上。

大王拿过票子一看，全是白条子：招待客户用烟560元；用餐费850元；其他300元。

“这……”大王抬眼看看新经理，不知道说什么好。

“我签字了，在这儿，”新经理指了指自己的签名，“做了吧。”

“这是白条子，不能报的！”大王认真地说。

“怎么不能报？这都是为公司办事儿花的钱嘛。”新经理的脸“晴转多云”。

“这，这没法下账的——再说，财务制度您也是知道的。”大王的态度很坚决，伸手将票子推还给新经理。

“给我吧。”马大姐笑着伸手抓过了票据。

“啪啪啪啪”，算盘一阵山响。

“一共是1710元整。”马大姐将填好的传票交给新经理。新经理的脸这才“多云转晴”。

没过几天，新经理又拿一沓票子走进财务室。马大姐和大王、小李立即起立，让座。

新经理笑了笑，将票据放在小李的桌上。

小李拿过票子一看，全是白条子，每张条子上都有新经理的签字。

“经理，您先请坐。”小李笑着说。

“不不，你抓紧做，我还有事儿。”

“那您先忙着，回头我给您送办公室去。”小李认真地说。

“好好。”新经理笑着转身走出财务室。

大王用眼睛的余光观察小李。只见小李一张一张地翻看着票子，又一张一张地放在桌上。

过了好一会儿，小李端起茶杯喝了口水，拿着票子走出财务室。

小李回来时，脸上的表情淡淡的。

“票子呢?”大王问。

“退回去了——都是白票子，报不了。”小李轻描淡写地说。

马大姐笑了：“唉！你们哪……”马大姐看着两个年轻人，摇了摇头。

三天后，公司公布了财务室人员变动情况：小李担任财务室主任兼出纳；马大姐调到成品车间工作。大王没动，还是会计。

有人不解，私下问新经理个中缘由。

新经理说：不讲原则的人，不能用；只讲原则的人，不能重用；既讲原则又讲方法的人——重用。

开门的学问

经理把钥匙锁屋里了，秘书小吴去外地开会没回来，别人谁也没有经理办公室的钥匙。经理放在办公桌上的手机像起哄似的，唱了一曲又一曲。进不去屋，经理急得在走廊里团团转。

在我们公司，把钥匙锁屋里的事儿是很平常的。门窗开着，空气对流，没准儿什么时候就把门给锁上了。好在每个办公室都是三五个人一个屋，过一会儿有人回来就开开门了。实在着急，就找来一把钢板尺，在外面轻轻捅一捅，拉一拉，很快就能把门开开。

我办公室隔壁的安勇和何休都是开门的高手，谁要是把钥匙锁屋里了，或者上班忘记带钥匙了，找他俩中的任何一位帮忙，保证让你两三分钟内进屋。

经理显然不知道用钢板尺还能开门，更不知道安勇和何休有这手艺。要不，他就不会急得团团转了。

不知是谁提的醒儿，经理打发人儿来找安勇，我当时正和安勇商量一篇小说的结尾怎么写。来活儿了，安勇拿一把钢板尺上楼，我也跟着去看热闹。安勇来到经理办公室门前，弯下腰把钢板尺插进门缝，左捅，门不开；右捅，门还是不开。忙了好半天，他摇了摇头说："开不开，经理——找何休吧。"

何休听到喊声，呼哧气喘地跑上来，从安勇手里接过钢板尺，趴门缝仔细看了看，左捅，门不开；右捅，门还是不开。忙了好半天，他也摇了摇头说："开不开，经理——这门太难开了。"

两个徒有虚名的家伙，一对儿笨蛋！我虽然没用钢板尺开过门，但我以前看过他俩是怎么开的。我从何休手里拿过钢板尺，模仿着他俩开门的动作，一捅一拉，再一捅一拉，开啦！

经理笑着拍了拍我的肩膀："行啊！真人不露相嘛……"带着经理的

夸奖，我拿着钢板尺高高兴兴地下楼。安勇和何休边往楼下走边笑，不说话。那笑，怪怪的。管它呢，我这也是偶尔露“峥嵘”，你俩能做的，我刘某人也照样能行！

前几天，小吴找我，说经理放在办公桌上一份关于企业内部福利分房的文件不见了，问我看见没有。“我怎么能看见?”我不解地问。小吴说：“除了我有钥匙，就只有你能打开经理办公室的门……”

我晕！

反穿线裤

李小松几次想对丁兰说，但话到嘴边又咽下了。

现在的李小松已经不是当年的李小松了，不惑之年了嘛，各方面都应该成熟了。成熟了的李小松，对婚姻就更加珍惜了。

你想，一男一女，两个人萍水相逢，手牵着手，要一起走完漫漫的人生之路，这不是缘分是什么？李小松在医院护理他的前妻方梅时，常常想起那句歌词：“十年修得同船渡，百年修得共枕眠。”就是嘛，夫妻是百年修来的缘分呀！然而，方梅还是扔下李小松自己走了。癌症，谁也没有办法。

李小松和丁兰组成新的家庭是方梅走后第三年的事了。丁兰的丈夫还健在，只是两个人合不拢，打打闹闹十几年，最后，累了，乏了，就分开了。

再婚时，李小松的一个小兄弟送给他们一副对联，上联是“一对新夫妻”，下联是“两套旧机器”，横批是“日夜磨合”。哥儿们嘛，逗着玩的。

婚后，李小松发现，丁兰和方梅好多地方都不一样。刚开始，李小松总是谨小慎微的，夫妻俩的私事儿，他也总是试探着来。就像一个人刚从灯火辉煌的大厅走进黑暗的走廊里似的，而且走廊里的一切又是陌生的，你说，不摸索着还有什么办法呢？这倒也不错，有一种新鲜感呀！要知道，新鲜感对夫妻生活来说，是极其重要的啊！

那天晚上，夫妻俩洗完澡，丁兰像方梅一样，把叠得方方正正的内衣内裤递给李小松。李小松接过来，就随手将线裤翻了过去，刚要往腿上套，看看不对，又翻了过来。这时，李小松就又想对丁兰说那句话，但他还是没说。

丁兰愣愣地看着李小松，柔着声问：“没洗干净吗？”

“干净干净，怎么会没洗干净呢？”李小松说着，便穿上了线裤。

李小松穿上线裤后，就靠在床头上，捧起一本书，看。丁兰转身走出卧室，到卫生间收拾浴具了。

读者朋友一定想知道李小松想对丁兰说什么吧？别急，这会儿，男主人公在卧室看书，女人主公在卫生间忙活，听我慢慢说。

李小松和前妻方梅结婚后，曾有好长一段时间不习惯。方梅每次洗完内衣都是把里子朝外晾，晾干后，叠好，再放到衣柜里。每次李小松换内衣时都要先翻过来，再穿。有一次，李小松忘记翻过来了，把线裤穿反了，反穿着线裤，缝合线朝外，多难看呀！李小松就和方梅说，干吗总把内衣翻过来呀，穿时还得再翻一次，多麻烦。方梅说，只有翻过来才能把里面洗干净。方梅还说，我一件一件洗干净、一件一件叠整齐都没嫌麻烦，你穿时翻一下，就不行啦？李小松说行，咋不行呢。

就这样，十几年了，每次李小松换内衣，就先翻过来，再穿。习惯成自然嘛，倒也没什么不方便的。

丁兰的做法却与方梅不同，她叠内衣时，总是把里子朝里。可李小松养成了习惯，每次换内衣时，还是要翻过来。这样一翻，就反了。翻过来后，李小松发现反了，只好再翻回去。

丁兰觉得奇怪，以为李小松是在察看她是不是洗得干净呢，所以，每次洗衣服时她就格外用心。可是，李小松每次换内衣时，还是翻过来，再翻过去。

李小松几次想对丁兰说，但话到嘴边又咽下了。他能在丁兰面前说方梅是怎么叠衣服的吗？不能。丁兰也从来不在他面前提自己的前夫怎样怎样。所以李小松想对丁兰说的那句话就一直没说。过去了的，还是不提的好。

第二天晚上，李小松脱下保暖外裤时，发现他穿的线裤缝合线朝外。丁兰看见了就笑，说你怎么把线裤穿反了呀。李小松也觉得奇怪，怎么会穿反了呢？他挽起裤角一看，脚脖子上没有了勒痕，很舒服嘛。以前脱下外裤后，脚脖子和小腿上总是被线裤凸起的缝合线压出深深的一条沟儿，刺痒得难受。怎么就没想起反着穿呢？想到这，李小松对丁兰说，其实，我早就想对你说了——线裤反穿挺好的。

说完，李小松和丁兰都笑了，挺开心的样子。

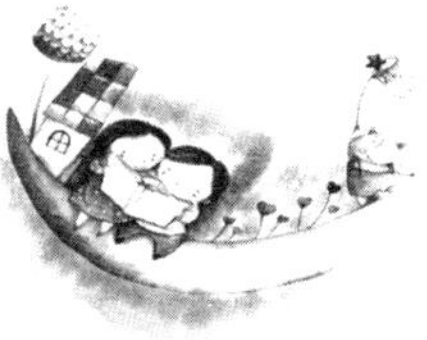

帝王照

双休日放假带老婆外出旅游。游到一处古迹时，我看到有好多人在那拍照，原来是拍“帝王照”，工作人员还免费提供龙袍、龙椅，虽然我对“帝王”没什么好感，但穿上龙袍照张相，还是蛮开心的。工作人员热情地帮我穿上宽大的龙袍，老婆手捧相机拉开了架势。还没等我坐到龙椅上，一位“太监”迈着碎步走过来。

“奴才给万岁爷请安啦!”说着，便跪在我面前叩拜。

“平身!”我大喊一声。逗得好多游客哈哈大笑。

“奴才不敢!”

莫非那人真的“入戏”了不成？我正纳闷时，有人说：“皇上还愣着干吗，快给赏钱吧!”

啊！要钱呀？我冲老婆笑了笑，用目光请示“恩准”。

老婆通情达理，问完价后，知道应该给十元钱，就随手从包里掏出一张五十元的票子，大声说：“找四十!”

“奴才”低着头接过钱，边向后退，边拖着娘儿们腔大声说：“谢——皇——上!”

正在这时，从侧面走上来四个穿古装的女子。

“格格给皇阿玛请安啦!”

“娘娘给皇上请安啦!”

“嫔妃给皇上请安啦!”

“奴婢给皇上请安啦!”

我正纳闷，给皇上请安时，格格应该自称“孩儿”，娘娘和嫔妃应该自称“臣妾”或“奴婢”才是呀？还没等我回过神儿来，“太监”已经拿出四十元钱分别发给了四位女子。

在老婆的掩护下，我赶紧脱下龙袍，逃离了现场。

莫碰荨麻叶

我泥塑般跪在奶奶的坟前，一切都恍如隔世。

从小，我在奶奶身边长大。

七岁那年的一天，我跟奶奶到房后的菜园子摘豆角。奶奶指着园子旁边一种绿绿的蒿草问我："孙子，知道这是什么吗?"

我摇摇头。

"这是荨麻叶儿，"奶奶大声说，"上面长满了看不见的毛毛，碰了它，毛毛就会扎进肉里，让你浑身难受。"

奶奶说的是一种蒿草，高高的，椭圆形的叶子边缘长着锯齿，很好看。我刚要伸手去摸，奶奶一把拉住我。看到奶奶紧张的样子，我赶忙缩回了手。

一天，我和小伙伴玩捉迷藏时偷偷跑进菜园，想躲到园子边的蒿草里。

"我的妈呀!"我刚钻进草丛，就叫着跑出来。只穿着背心、短裤的我，脖子、胳膊、腿，几乎全身每一个部位都在痛痒。我哭喊着去找奶奶……那一次，我尝到了荨麻叶儿的厉害。

十七岁那年，我考上高中，要到县城去上学。

开学前，奶奶拉着我的手，说："孙子，你要记住，城里的女孩子个个都是荨麻叶儿，只能看，不能碰……碰了，就会耽误你的前程!"

我点点头，大声说："奶奶，我记住了!"

高二下学期，班里有个漂亮女生给我写了张纸条，我看完，就觉脸热、心跳，一种从未有过的感觉传遍全身。忽然，我觉得身上一阵刺痒。我想起了奶奶的话，便将那张纸条悄悄地撕掉了。

大学毕业后，我分到县城一家机关单位，做文秘。

八十岁的奶奶总嚷嚷要抱重孙子。二十五岁那年，我便和晴结了婚。

婚礼很隆重。

晴给奶奶戴花时，奶奶的脸乐成了核桃。奶奶夸完孙媳妇长得俊，又紧紧地拉住我的手，说：“孙子，从今天起，你就有了自己的女人，外面的那些个女孩子可就都成了荨麻叶儿了，记住：只能看，不能碰……碰了，会让你痛苦一生！”

我笑笑，晴也笑笑。

奶奶没有抱着重孙子。我们婚后不久，奶奶就去世了。

转眼，我和晴的儿子已经五岁了。

晴是英语教师，聪明、漂亮、贤惠。她不光业务棒，而且很会教育孩子。

若不是天上掉下个“叶子”，我也不会落到今天这步田地。

叶子年轻，虽不漂亮，但气质好。她很开朗，属于“新新人类”一族。

叶子来到局里，顶替了我的工作。我做了办公室主任，成了她的顶头上司。

“年轻美貌，‘年轻’就是‘美貌’。”叶子这样评价自己。

“男人三十一枝花，刘哥，你很有魅力，”叶子说，“要不是怕嫂夫人不答应，我本月32号就嫁给你！”

我和叶子似乎都从彼此的目光中读出了什么。

一次，市里要上报材料，很急。下班后，叶子把写好的草稿给我。我修改，她打字、校对、打印，一直忙到很晚。

“Yeah！”装订完毕，叶子做个“胜利”的手势，我也如释重负。

那晚的工作餐，我和叶子破例要了瓶红酒。我对叶子说：“老板准会认为咱俩是情人。”

“不是吗？”叶子直视着我。

我叹了口气：“来，喝酒……”

“刘哥，我可早就把你当成我的情人啦！”叶子认真地说。

就在那天晚上，我和叶子越过了“禁线”。

“叶子，我……请你原谅。”像是做了错事的孩子，我双手扶住叶子的肩，不知说什么好。

叶子扑进我的怀里哈哈大笑，竟笑出了眼泪。笑完，她仰起脸，看着我的眼睛，认真地说：“刘哥，我还要谢谢你呢——别想太多，我爱你！”

打那以后，办公室“加班”的次数多起来。

那个寒冷的夜晚让我刻骨铭心。我“加班”回家时已经很晚，儿子睡了。晴坐在沙发上。

“怎么还没睡？”我感觉气氛不对，镇静了一下问。

晴指指沙发说：“坐下，我们谈谈吧。”

“谈什么？”

“离婚。”晴说。

我从沙发上弹起来，看着晴，好半天说不出话。

“你和叶子的事儿，我都知道了……离婚吧！”

“你和儿子就像我的左手和右手，是不能割舍的呀！”我动情地说。

晴流着泪，默默地走进卧室，然后反锁上门。

离婚后，我搬到了单身宿舍。

我郑重其事地把离婚的事告诉了叶子。叶子轻描淡写地说：“这是你自己的事，与本小姐无关。”说这话时，她表情怪怪的。

不久，叶子和局长去了南方，开会。回来后，叶子提出与我“分手”。我听后呆住了，好长时间才回过神儿来。我看着面无表情的叶子，无奈地点了点头。

总算挨到下班，我顶着蒙蒙小雨，漫无目的地走在街上。看着大街上匆匆忙忙下班回家的人和来来往往的车辆，我的大脑一片空白。一种从未有过的孤独和无助感袭上心头。走着走着，猛地和一个人撞在一起。“瞎呀你？”抬头一看，我居然来到了儿子所在的幼儿园。

突然，马路对面传来儿子的喊声：“爸爸——爸爸——”

我寻声看去，儿子已挣脱妈妈牵着他的手，向我这边跑来。妻子扔掉雨伞，向儿子奔去。

一声刺耳的刹车声惊呆了路上的行人！我清楚地看见：晴和儿子被汽车撞出老远……

我跪在奶奶的坟前，任泪水无声地滑落。

非常游戏

每年都有一两个月是随礼的高峰期。请柬来了，不想随也得随，什么叫身不由己？这就是。

前几年，我是来者不拒，有礼就随。俗话说，红白喜事儿不是一家办的，捧场嘛，不随还行？虽然钱袋瘪了，但却换来个“好人缘”。可时间长了，老婆不答应了：只往外随，不往里收，谁干得起呀？

风水轮流转。这回，机会来了：我女儿考上大学啦！

孩子上大学，请客收礼是理所当然的，但是，请谁不请谁，这可要动一番脑筋了。老婆的意见是，单位里的人全请。理由是，你不请人家，等人家有事时请你，你去不去？这叫先下手为强，先把礼收到手再说。虽然老婆说得有道理，但我还是觉得不妥。咱一没权，二没势，咱随过礼的，到时人家能来就不错了；没随过礼的，请了人家，如果不来，过后见了面多尴尬呀。可我怎么说服老婆呢？

正在我为难时，老同学汤其光来了。他儿子是去年上的大学，场面弄得挺大扯。正好，向他取取经吧。汤其光说，不该请的，还是不请的好；请了也没用。他告诉我说，他为孩子举办“升学宴”时，有一些他过去随过礼的人，他也请了，但是没来。事后，见了面彼此都不得劲儿。我说，我也不想得谁就请谁，可是，你嫂子不答应，这事儿还真不好办。汤其光是我的铁哥儿们，知道我怕老婆。他说，你还记得咱们上学时做的那个“游戏”吗？就是那个“录音”的游戏。我说记得，怎么不记得，当时咱们不是叫“非常游戏”吗？汤其光说是。在他的提议下，我决定用“录音”来说服老婆。

那天，我把录音笔打开，装进信封里，然后来到隔壁的办公室“请客”。正好几位同事都在。我把孩子考上大学的消息告诉了他们，请几位下个星期天到“喜相聚”酒楼捧场。几位同事都说：“好事好事，一定去一定去!”还有的夸张地和我握手，祝贺我女儿考上了国家重点大学。我悄悄将装着录音笔的信封放到办公桌上，随手拉过一张报纸盖上，闲扯几句后，就回到自己的办公室了。十分钟后，我又来到隔壁，把信封取了回来……

录音效果不是太好，虽然是谁说的话听不准确，但是，说话的内容还是听得一清二楚。老婆听了录音后，先是愤愤不平，大骂“白眼儿狼”，然后就像泄了气的皮球，坐在沙发上没了精神，老半天一言不发。最后，老婆同意了我的主张——只请随过礼的同事。

办完了酒宴，我和老婆一笔一笔地核对礼账，发现有十多个以前随过礼的“朋友”没来。老婆说:“算了吧，没准儿以后会给咱们补礼呢。”老婆叹了口气接着说，“其实，这样请来请去的，既浪费时间，又破费钱财，除了成全酒店外，还真没什么意思!”

我说是是是，老婆你说得有理。

押　运

副厂长的人选尚未敲定，押运的事儿还得老厂长操心。这不，早晨刚上班，老厂长就把全厂的中层干部请进会议室。

在这家炼铁厂，要说最苦最累的，除了炉前工，就顶数押运工了。

虽然押运工不用出苦力，但往闷罐车里一蹲，寂寞不说，夏天热得要死，冬天冷得要命。

押运班只有四个押运工，算上老班长，一共才五个人。

有时送货忙，出去两伙儿还不够用，就得老班长顶上，另一个人则要从厂部里找。后勤人员谁能抽出空儿谁就跟着跑一趟，虽说辛苦点儿，但谁也没说的，毕竟几年才轮上一回。

这次路途最远，去兰州。谁都心里有数，途中难免被甩到站台上等着编组，没个十天半月的甭想回来。正赶上盛夏，千里迢迢，不扒层皮才怪呢！

老厂长决定亲自从中层干部中选人，他还特地把几个车间主任请来。

自从学习了“企业管理”，老厂长的“点子”越来越多。前不久，主抓生产的副厂长退休，他刚主持完“竞聘副厂长”的演讲会，今天又来个“竞选押运员”。

“这次押运，路远，艰苦，”老厂长看看大家，“身体不好的怕是吃不消啊！这次得去个年轻的……你们哪位愿意去呀？”

二十几位科长、主任、部长全都把目光投向三位年轻的车间主任身上。上次竞聘副厂长的，正是大张、二王和小赵这三个后生。

大家记得清清楚楚，竞聘时，大张的演讲最精彩：“为企业流血流汗在所不辞！”言辞凿凿，落地有声。二王虽然口才赶不上大张，但也表达出自己的心声：“工厂是我家……我要舍小家为大家！”三人中，小赵最年轻，也许是被两个竞争对手吓着了，声音低了八度：“厂兴我荣，厂衰我耻。”他把工厂大门外的标语用上了，“个人利益永远服从工厂利益！”掌声虽没有前两位响，但同样赢得了大家的喝彩。

“厂长，”大张率先开口，“我昨天干活时，腰扭了，恐怕……”

“没关系没关系，谁能行谁去嘛！”老厂长宽厚地一笑。

“厂长，我小舅子过几天高考，他一直住在我这儿，我媳妇身体又不好……”

“高考可是大事儿，耽误不得啊——没关系没关系，谁能行谁去嘛！”老厂长笑容可掬。

“厂长，我去！”小赵声音高了八度，大声说。

“你？”厂长皱起眉头，“你母亲不是在厂卫生院住院吗？”

“没事儿，老病，常犯……不碍事儿！”小赵认真地说。

“那好吧！那就让赵明非同志跑一趟吧——散会。”老厂长说话办事干净利落，从不拖泥带水。

第二天，工厂召开职工大会。老厂长宣布：“经厂领导班子研究决定，由赵明非同志担任生产副厂长！”

原来，“竞选押运员”只是对竞聘副厂长的一项考核，上兰州押运的事，纯属子虚乌有。

电话情结

这是关于我的一个真实的故事。

丽华是我的老同学，现在她在办公室当秘书。因为我常有一些信来，同学的，文友的，报刊编辑部的，有时是家人写来的，于是我就常去办公室，取信。

一日，我去办公室。丽华说今天没有你的信。我就很扫兴，很无聊，便随手绰起电话听筒。“嗡——”蜂音很好。我随手拨了五个号码，听筒内只“嘟”了一下，就有“嚓嚓”声传出，接着是一个女人的声音：“喂，找谁?”甜甜的。找谁？——我也不知道找谁。“嗳?”那个甜甜的声音似在催问。

赵钱孙李……我的大脑在高速运转。“找——请小赵听电话。”我脱口而出，煞有介事。

“啊，我就是呀。”甜甜的声音答。

“你好。”我说。

“你好！”她说。

“你还在……干——干什么呢?”我有些语无伦次。

“还是销售。”

“销路好吗?”我顺水推舟。

“凑合吧；您是——”

糟糕！我瞥一眼坐在对面的老同学丽华，说：“我是中学呀。”

“噢，几中?”她问。

“我的名字叫中学。”我解释。

“噢——您是不是常在报上发稿子呀?”

“嗯——是的。”

太好啦！她说，中学老师我很喜欢读您的文章尤其是您的小说……

您能帮助我吗您能做我的老师吗？

她连珠炮似的说着。末了，她问，您找我有什么事吗？

我说没事只是想聊聊。她说那就聊吧。我说聊啥呢？她咯咯地笑起来，然后问，您的电话是多少？我问丽华，丽华说是21708，我告诉她——2、1、7、0、8。她说有时间我给您去电话。我说那好吧。

撂下电话，丽华说你给什么人打电话呀？我说朋友。女朋友？她问，就笑。我也笑。笑完我走出办公室，走出办公室就把这事给忘了。

又一天，我又去办公室。刚进门丽华就说，刚才有你的电话到处找你找不到你到哪去啦？我说我到“所”里完成“使命”去了——哪来的电话？丽华说一个女的要找中学老师说是有事儿。

我忽然想起了那个小赵。丽华说你等一会儿吧，我告诉她过一会儿再来电话。正说着，电话铃响了。

丽华抓起听筒问找谁，然后递给我，说你的。

小赵在电话中说，她写了一篇小说，问我能不能给看看。我说看可以可是怎么看呢？停了一会儿她说，欢迎中学老师有时间来作客。我说作客可以可是你那太远怕不好走。她问过我的住址后，就告诉我怎么怎么走。

后来我到邮局取稿酬，真就顺便去了一次。

寒暄过后，我认真地看了小赵的小说，并且知道她叫赵冬梅。实事求是地说那篇小说写得不错，就像她的容貌一样，看着挺顺溜，只是结尾急了点儿，我填了几笔。后来这篇小说在一家文学刊物的《新人新作》栏目发表了。小说发表后，小赵打电话邀我到她家去，说是要庆贺处女作发表。我推脱不掉，就答应了。

小赵的爸爸是新闻处的副处长，主抓电台、电视台和市报。小赵的母亲早已过世——这些是我在酒桌上了解到的。

酒过三巡，我已不像开始时那么拘束，在处长面前也放肆地谈起文学。处长说中学你咋还在地质队呢？我说我在大学学的就是“地质矿产调查”，再说干地质挺好的不干地质干啥呢？处长说咱市报缺一名记者你愿意干不？我想了想问我行吗？处长说行行咋不行……

在小赵家酒足饭饱后不久，我就结束了“爬大山”的历史，改行“爬格子”了，做起了文字“生意”。

我想，故事到此可以结束了。这个故事很平淡：无意中拨了个电话号码，从而改变了一个人（确切地说，是我）的命运——仅此而已。

故事的结局会怎样，现在还不得而知，不过我可以坦诚地告诉您：我喜欢冬梅，大概已经爱上她了，不知她意下如何。

不管怎样，我都要感谢贝尔，感谢他发明了电话。

高着儿

松峰山下有个巴掌大的小镇。别看镇子小，有两家啤酒厂。一家叫“松峰泉”，一家叫“松峰雪”。

每到销售旺季，县城里大街小巷到处都是这两家啤酒厂的广告，什么“免费品尝”、“开瓶有奖”之类的促销手段不断翻新。

由于两家啤酒厂使用的都是松峰山的泉水，生产工艺又基本相同，所以啤酒质量相差无几。消费者有的说“松峰泉”好，有的说“松峰雪”好，更多的人则说“松峰泉”和“松峰雪”一样好。

两家啤酒厂的厂长心里跟明镜儿似的，全县还不到一百万人口，能喝啤酒的就那么些人。谁想出了高着儿，谁的日子就好过些。为了提高自己产品的知名度，更多地占领市场，两家啤酒厂的厂长费了不少心思。谁不想让自己的产品在市场上占有更多的份额呢，但这得有高着儿才行。

元旦刚过，“松峰泉”啤酒厂便推出“金鸡系列”大奖：凡在酒瓶盖中发现“金鸡”的，奖现金 1000 元；凡在酒瓶盖中发现“银鸡”的，奖现金 100 元；凡在酒瓶盖中发现“铜鸡”的，奖“再来一瓶”。这着果然灵验，“松峰泉”啤酒销量一路攀升。

鸡年将至，“松峰雪”啤酒厂推出“五星系列”大奖：凡在酒瓶盖中发现五个“星”的，奖现金 2000 元；凡在酒瓶盖中发现四个“星”的，奖现金 200 元；凡是在酒瓶盖中发现三个“星”的，奖现金 50 元；凡是在酒瓶盖中发现两个“星”的，奖现金 10 元；凡是在酒瓶盖中发现一个“星”的，奖“再来一瓶”。这着儿相当管用，“松峰雪”啤酒市场前景看好。

一时间，“喝啤酒得大奖”成了好多人茶余饭后的谈资。一些过去不爱喝啤酒的人也要弄上两瓶——谁不希望自己也能获个大奖呢！邻里、同事见面打招呼的词儿都变了，好多人见面都问上一句：“今天你喝了吗?”

有幸获大奖的毕竟极少。没过多久，细心的消费者就发现，两家啤酒厂的啤酒口味都大不如前了。正当人们要找啤酒厂理论时，一条新闻赫然出现在县报上。这条新闻比有人喝出了大奖传得还要快。

新闻的标题是《松峰泉啤酒厂向不合格产品说“不”——50 吨啤酒流进下水道》，消息配发的彩色图片十分清晰——酒罐出口处一条管子垂向地面，泛着泡沫的啤酒占了多半个画面。报道说，这家酒厂严把产品质量关，当他们发现当日生产的啤酒有一项理化指标不合格时，毅然决定：将不合格的啤酒全部倒掉。宁可企业受损失，也绝不让不合格的产品进入市场。消息还说，该厂已停产整顿。

果然，市场上两天没见到“松峰泉”罐装生啤酒，其他品种的“松峰泉”啤酒也都是前几天出厂的。人们纷纷议论：“松峰泉”这回动真格的了。

第三天，“松峰泉”再度与消费者见面。县城的大小酒店里，人们争相品尝“松峰泉”啤酒，“松峰泉”啤酒出现了少有的热销场面；“松峰雪”则被冷落一旁，很少有人问津。

许多人向“松峰泉”啤酒厂的厂长道喜，都说他“棋高一着”。厂长笑容满面，连连称是，但他心里却在嘀咕：下一步棋该走什么高着儿呢?

卖 书

老婆下岗后，在街口“办”了个书摊儿，卖书。

我劝她：“这年头，写书的比卖书的多，卖书的比买书的多，卖书还能赚钱?”没过多久，老婆就用她的实际行动粉碎了我的“断言”。

老婆自谋生路再就业成功了，我得做好后勤保障工作才是。那天，我去给老婆送午饭，见一个小伙子正在翻看一本小说集，那本书的封面已经有些破损了。

“能打折吗?”小伙子问。

我老婆说不打折，按定价卖，9.8元，一分钱也不能少。我知道，那本书上货时最多4元钱，能卖6元钱就不错了。正在我考虑是不是要提醒老婆“让价”时，那个小伙子掏出10元钱递了过来。我老婆麻利地接过钱，并找给小伙子两个一角的硬币。小伙子拿着书转身就走。

我老婆从书摊儿下拿出一本新书，上前拉住小伙子说：“那本旧了，给你换本新的。”

“谢谢，不用换了，这本一样看。”小伙子红着脸说。

“还是换吧，”我老婆说着，上前夺过小伙子手中的书，“这本是样品，里面还夹着10元钱呢……”

老婆拿回那本封面有些破损的“样书”，随手翻出那张10元纸币，在我面前晃了晃说：“没有这10元假钱，他肯买？哼!”说完，她把那张纸币夹好，又把那本书放在书摊上。

妙用通缉令

总经理黄富贵与小翠的事在员工中传得沸沸扬扬。

黄富贵是“迎客来”大酒店的总经理，今年四十刚出头儿，十年前从外地来到这座城市打工，白手起家，几年光景，就把当年的小旅店变成“集餐饮、娱乐、洗浴、住宿为一体”的综合酒店。

如今的黄富贵可不是当年的打工仔了。据说，一年前招聘来的那个叫小翠的打工妹已成了他的第 N 任情妇，貌不惊人才不出众的小翠从端盘子的服务员升任餐饮部的经理就是很好的凭证。要不是黄总经理常常对小翠眉来眼去，这个秘密也许还不会公开得这么快。

小翠从不把黄总经理放在眼里，她常常当着员工的面儿顶撞黄富贵。员工背地里议论：女人就是这样，只要你“动”了她，轻则撒娇上脸，重则要钱要物，她可不管你是不是总经理，在她眼里，你只是男人。小翠后来更过分了，竟然偷偷地跟新来的厨师好上了，这不是要给黄总经理“戴绿帽子”吗？看见小翠趾高气扬的劲头儿，员工们就气不打一处来。凭什么？难道黄富贵有什么把柄抓在小翠手里不成？大家看着生气，可黄富贵却不以为然，照样对小翠宠爱有加。

有人私下为另一个叫小花的打工妹抱不平。小花和小翠是同乡，当初两个人是一起到“迎客来”应聘的。论相貌和工作能力，小花比小翠强百倍，可小翠当上了经理，小花却还在客房部做服务员。

几个年长的大姐劝小花，既然黄总爱“这口儿”，你就想开点儿嘛。小花一听这话，脸一下子红到脖子根儿。面对腼腆的小花，好心的大姐只能“怒其不争”了。

一天，店里来了贵客，打烊时已是午夜时分。酒足饭饱的黄总经理早已陪客人上楼“休息”了。

小翠没有像往常一样回客房。细心的员工发现，最近，每当黄总经理“陪客人”住在酒店时，小翠就有些不安。听说，小翠的男朋友不理她了，一定是那个厨师知道了她和黄总经理的事儿。

走出餐厅，小翠心事重重地来到一楼大厅，一个人坐在沙发上，好像是在等她的男朋友。忽然，小翠眼前一亮，她看见对面墙上有一张“通缉令”。天哪，那个逃犯怎么长得这么像黄总经理呀！

小翠灵机一动，随手从包中掏出手机，起身走出大门。

五分钟后，两台警车在大门前戛然而止，十几位全副武装的警察冲进酒店。一位警官向前台服务员亮出证件后，一干人等匆匆钻进电梯。在总经理办公室的套间里，警察将赤条条的黄富贵逮了个正着。原来，和黄富贵在一起的女人居然是文文静静的小花。

看着黄富贵和小花被带上警车，小翠的脸上露出了一丝微笑。

“这……黄总怎么会是逃犯呢?”小翠的男朋友眼睛瞪得老大。小翠拉着他的胳膊说：“经理当然不是逃犯了——我这也是没有办法的办法，”小翠压低了声音说，“我和小花虽然是好姐妹，黄总也想用提职来堵我的嘴，可我不能总为他们背黑锅呀！要不是警察出面，这个黑锅我还指不定要背到什么时候呢……这回你相信我了吧?”说着，小翠给厨师一个甜甜的吻。

人生最痛苦的事情

因了春晚而走红的二人转艺人小沈阳说，人生最痛苦的事情是人死了，钱没花了；他的师父说，人生最最痛苦的是人活着呢，钱没了。艺人所言不无道理，但赵拥军的事却让我想起了古人的说法。

赵拥军是个怪人，这是我后来发现的。

赵拥军高考落榜后就离开老家，我念四年大学，他在城里打了四年工。寒暑假我几次回家，也没见着他。大学毕业后，我工作的单位就在他打工的县城，但我们却阴差阳错一直没联系上，直到五年前的一天傍晚，我和赵拥军才在一家商场门前的马路上重逢。

大哥，是你吗？他一把拉住我的手。

拥军，怎么是你！我紧紧地抱住他。个子高了，比上高中时瘦了许多，模样也变了，但说话声音一点儿没变，听声音我就认出他来了。

看样子，他混得不错。听老家人说过，赵拥军如今是城里人儿了——这是乡亲们对他的褒奖。

赵拥军让我感到有些怪是从那次喝酒开始的。

他问我，大哥，早处女朋友了吧？

我说我女儿都六岁半了。你呢？我问。

他摇摇头，说，没处，这辈子，不处。女人，没一个好东西。

此话怎讲？我见他说的不是醉话，就问。

我恨我妈！是她害死了我爹，也害了我。他说得声音不大，但却让我震惊。

我们上高一那年赵拥军他爹就去世了，她妈既当爹，又当娘，供他念完高中，还拉扯一个女儿，吃了多少苦呀！

你喝醉了，我说。

大哥，你，你不了解我。他一脸怅然，斜了我一眼。那眼神儿让我感到一丝惶恐，我生怕他说出什么更难听的话，或做出什么出格的事情来。

真的大哥，我妈她不是个东西!

我看看周围，没人注意我们。我小声说，咱今天就到这，好吗？改天，改天咱哥儿俩再聚。

那次分手后，我一想起赵拥军心里就疙疙瘩瘩的，我觉得我跟他的共同语言已经被时间的流水冲得所剩无几，当年的感觉再也找不到了。

据我所知，赵拥军的爹是得尿毒症去世的。那时，他家欠了不少外债。高二那年，赵拥军差点儿辍学，要不是他妈逼着他上学，他不可能念到高中毕业。他妈哪点儿对不起他爹和他呢？

星期天一大早，赵拥军开了台吉利自由舰来找我，说请我去钓鱼。我哪有那雅兴呀，我说有事，不去。赵拥军不高兴了，说大哥你瞧不起我，车是兄弟打朋友那借的，但咱这渔具绝对是自个儿的，三套，全是日本货，你随便挑，咋样？

他把我塞到车里，话匣子就打开了，填鸭式灌输钓鱼的好处：鱼钩一放，宠辱皆忘；渔竿一颤，赛过神仙。他说的是钓鱼迷才有的美妙感觉，我没钓过鱼，但也知道点儿。

赵拥军不光钓鱼手艺高，野炊的能力更强，这倒叫我刮目相看。他像变戏法似的，很快就把钓上来的鱼收拾好了。鱼下到锅里，简易餐桌也摆放停当。

塘边现炖，那鱼的味道真个叫鲜。黄瓜柿子火腿肠，大葱大酱干豆腐，下酒菜比饭店还丰盛。半瓶酒下肚，赵拥军又开始“骂娘”了。

这次我没阻止他，不光是因为身边没有别人，我倒想听听他妈到底有什么让他如此记恨。

赵拥军说，那年，我爹快不行了，我说我在家吧，我妹那时还小，啥也干不了。我妈不让，死活让我去上学。你说，我人坐在教室里，心早就飞回家了，满脑子全是我爹，我能学下去吗！那天下午，还有两节课没上我就跑回家，结果，房门在里面插上了。好半天才把门敲开，我前脚刚进屋，就看见“活鬼”从窗户里跳了出去……

赵拥军说的“活鬼”我知道，就是村东头的霍贵，仗着他哥在乡里当个头头儿，再加上手里不知从哪弄来些钱，专干欺男霸女的勾当。

赵拥军说完“看见活鬼从窗户里跳了出去”，伸手抓过酒瓶，把瓶里剩下的酒全灌进肚里，然后骂了句脏话，就仰倒在草地上。

我没说话。我说什么呢？劝他理解他妈的难处？帮他分析她妈背叛他爹的原因？这合适吗？

前些日子，我从老家人口中听说，赵拥军的妹妹出嫁后，他妈就孤零零一个人过日子，整天病病歪歪的，可赵拥军从来不回家看看。去年，赵拥军在城里买了房子，还娶了媳妇，听说媳妇挺贤惠的。我几次想劝他把老妈接城里来，可是没敢开口。他妹妹来找过他，他说他没有这个妈，妹妹临走时，他不少给妹妹拿钱，但每次都说是给他妹妹的，不许别人花。

虽说我怕见赵拥军，但长时间不联系还真有点儿想他，毕竟是同乡加同学呀。那天他给我打来电话，一看是他的电话号码，我赶紧接听。

哥呀，我……我妈去世了。

我当时心里就翻了个个儿，一时愣怔，不知说什么。

哥呀，我妈去世了呀，我没有妈啦呀！

接着，是哭声，那哭声让我想到一个词儿：恸哭。

我大声说，兄弟你在哪？我这就过去。

坐在出租车上，我想，这些年，赵拥军经常骂他的妈妈，那到底是恨，还是牵挂呢？

出租车里正在播放小品，可我的耳边却回响着赵拥军的哭声，我不由想起古人说的话："子欲养而亲不待也。"此时此刻，赵拥军的内心会是怎样的痛呢？我说不清。

赵拥军，真是个怪人。

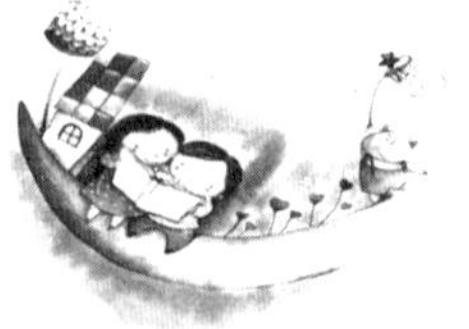

请保姆

老妈得了中风后，老爸就挑起了一日三餐和护理老妈的重担。六十多岁的老爸笨手笨脚的，累得直喊腰疼。为减轻老爸的负担，我只好每天从城南跑到城北，日子一长，我也吃不消。我在窗口单位工作，一天到晚八十双眼睛看着你，把着死身子不说，还累人。下了班也不轻松，既要照顾父母，又得管儿子和老公。一个月下来，我就有些撑不住了，于是，我决定给父母请一个保姆。

那天下午，我从单位请假出来，到中介所谈了我的情况，请他们帮我找一个合适的保姆。工作人员指着坐在旁边的一个姑娘说："她是从乡镇来的，刚下车，想做保姆，你们谈谈?"我仔细打量着她：个子不高，梳着一条马尾辫，一笑脸上露出两个深深的酒窝，眼神儿里含有几分胆怯。她身边放着一个大大的行里包，衣服已经褪了色，但洗得干干净净，看上去很朴实。见我在看她，她笑着说："大姐，刚才你们说的我听到了，我愿意做这活儿。"我问了她几个问题，她的回答我很满意，就决定让她试试看。

因为单位脱不开身，我只请了半个小时假。没法送她，我就让她自己坐公交车去我父母家。我给她画了一张草图，告诉她在哪换车，下车后怎么走。直到她说明白了，我才带她去公交站点，可她却支支吾吾地说，她没坐过公交车，怕迷路。没办法，我只好拦下一辆出租车，告诉司机要去的地方，就让保姆上了车。兜里没零钱，我掏出一百元钱递给她，告诉她家里有人等着她，打车剩下的钱给家里人就行了。交代完，我就急着赶回单位。到单位后，我给老爸打电话，告诉他我请的保姆一会儿就到。

快下班的时候，老爸打来电话，说保姆没来。我急忙给中介所打电话说明情况，中介所的人怀疑保姆拿着那一百元钱跑了，还埋怨我不应该给那么多钱。

放下电话，我非常生气。看上去蛮老实的人，怎么一点儿信用都不讲呢？真是知人知面难知心呀！

吃完晚饭，我帮老爸收拾好碗筷，正准备回家。门铃响了。我开门一看，竟是那个保姆，她扛着行李，气喘吁吁地站在门外。

“怎么是你？你没……跑吗？”我真不知道说什么好了。

她把行李放到地上，从裤兜里掏出一百元钱说：“大姐，这是你给我的车钱。”停了一下，她接着说：“我问了那个小汽车司机，他说到这儿得二十多块钱呢，我寻思你挣钱也不容易，家里还有病人，我就没舍得坐车，我是走着来的……”听了她的话，我急忙提起行李，拉她进屋。

后来，我在一本书中看到这样一段话：“对于一个贫穷的人来说，最大的侮辱莫过于怀疑他用不正当的手段去骗取钱财。”每当我想起请保姆那件事，就感到很内疚。让我略感安慰的是，那个保姆当时好像并没有在意我说的话，她的脸上一直挂着真诚的微笑，我想，这大约是她心底无私的缘故吧。

马县长和牛县长

江南县的马县长和江北县的牛县长是省委党校的校友，两位长官既是老同学、好朋友，又是竞争对手。干起工作来，他俩谁都不服输。不过，几次较量都是以马县长失败而告终。

这次抗洪，马县长和牛县长又暗暗较上了劲儿。

这是水稻刚开始灌浆的时候，松花江的水位眼看着上涨。只一夜的工夫，江水就漫过阶地，直逼江堤。江水过处，大片大片的稻田被淹没；鱼塘里的鱼儿像离家的孩子重新回到了妈妈的怀抱似的，撒着欢儿游入江中。

作为县里防汛抗洪的总指挥，马县长和牛县长责无旁贷，两人分别带领抗洪大军直奔江堤。江南江北，人欢马叫，彩旗飘扬，好不热闹。

江南县的马县长堤上堤下马不停蹄。县电视台的记者扛着摄像机，堤内堤外不停地“扫描”，江南县电视台天天晚上播出抗洪消息。

江北县的牛县长也不轻松，虽然灾情并不严重，但是，县委宣传部自编了《抗洪快讯》，一天一期，夸大其词地通报情况。一时间，江南江北群情激奋，众志成城。

不到二十天，肆虐的江水就被乖乖地制伏了。省防汛抗洪指挥部刚刚发布洪峰安全通过的消息，江南县电视台就连夜赶制了《江南县防汛抗洪工作初战告捷》的专题新闻，第二天晚上的黄金时间便在省电视台播出了。“江台长吗？……是的，不错不错嘛……干得好啊！”看完新闻，马县长笑声朗朗，亲自给电视台的江台长打了电话，以示鼓励。

这次抗洪，江南县是重灾区，无论是受灾的程度，还是抗洪的力度，都是江北县所不及的。成绩明摆着呢，马县长怎能不大造声势呢？

欣喜之余，马县长在静观牛县长的动静。牛县长果然接着儿了。第二天晚上，一条《江北县清淤排涝保农田》的简讯便赫然登上了省电视台的大雅之堂。虽说只是个口播新闻，但毕竟也上了省台嘛，牛县长总算挽回一些颜面。

灾情解除了，人们都松了口气，但江南县电视台的记者们却不敢放松，因为江台长有话：要深入报道。没过几天，又一条新闻在省电视台播出——《未雨绸缪，措施得力，江南县抗洪抢险工作全面告捷》。不光上了头条，还整整播了半分钟。

这下，牛县长服了吧？正当马县长得意时，江北县紧随其后，居然弄了条《千顷良田受灾，干群合力自救》的报道，这不是迟到的消息了嘛！那画面分明是在堤内拍摄的。这不是假新闻吗？马县长不屑地摇着头。

时间过得好快哟，一转眼就该秋收了。全省抗洪抢险工作总结表彰暨抗洪赈灾工作大会如期举行。会上，江南县被评为全省防汛抗洪工作先进集体标兵，马县长乐呵呵地走上台，不但亲手领到一面大红锦旗，还拿到一万元奖金。江北县别说标兵，连个“先进单位”也没弄上。哈哈！马县长好不得意。

表彰大会结束后，临时休会。官员们急匆匆地直奔洗手间，纷纷解决“内急”问题。

马县长特地跟在牛县长身后，两人并肩站在小便池前“方便”。马县长心里这个乐呀，他控制一下情绪，小声说：“牛老兄，按说江北整得也不错嘛——怎么……”

牛县长低头看着自己喷涌而出的“水柱”，不紧不慢地说：“马老弟，我那灾情重啊，没整好，这不，一会儿还得上台挨批呢！”

“不会吧？”马县长嘴上这么说，心里早就乐开了花儿。这回我倒要看看你老牛还牛不牛？这叫风水轮流转，也该我马某人扬眉吐气一把啦！

回到会场，马县长巴不得马上复会，他要以一个胜利者的心态来欣赏牛县长的“窘相”！

不用急，趁大伙方便的工夫，会标已经换了。“全省抗洪赈灾工作大会”接着就召开了。

让马县长没料到的是，江北县的牛县长是被副省长请上台的，这个老牛不但没受到批评，还大模大样地介绍了江北县抗洪赈灾的工作经验；更让马县长没料到的是：省里决定给江北县拨付救灾专款一百万元！

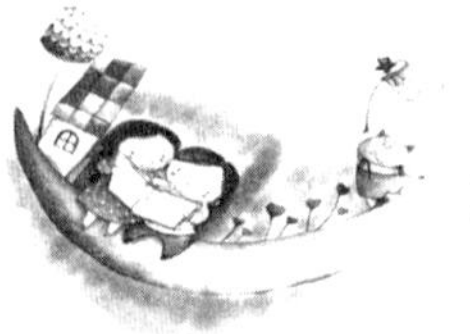

老同学

刘立冬是在“乡村酒店”的包间遇见老同学刘德志的。

刘德志拉刘立冬坐下喝酒，刘立冬却像受了惊的鸟儿，慌慌地飞出了包间。

那天，天还是那么蓝，鱼池上有风轻轻飘过。刘立冬并没感到有什么异样，他像往常一样，按着酒店老板的吩咐，把鲜活的甲鱼拿给客人验看。没想到的是，他在包间里遇见了刘德志。

老同学！刘德志喊他，像久别的人重逢了似的。刘立冬呆愣了好一会儿，才认出刘德志。

原来刘德志做了乡长。今天送来的甲鱼就是村里用来款待刘德志刘乡长的，怪不得老板嘱咐要个儿大的呢。

刘立冬和刘德志是高中同学，两个人坐了一年多的前后桌，感情深着呢。八年前，他俩双双高考落榜。刘立冬回乡搞起了养殖，起早贪黑摸爬滚打，如今，光养鱼池就有三处。刘德志呢，花议价上了一所民办大学，毕业后当上了乡长助理，助理了两年半，就把“助理”两个字儿弄下去了，只剩下了“乡长”。

刘立冬一头汗水两手污泥，哪敢坐在包间里喝酒？他红着脸飞出包间，身后却跟出一个小伙子。小伙子穷追不舍，直劲儿喊他“大叔”。小伙子是刘德志刘乡长的秘书，在楼梯上，秘书塞给刘立冬一张乡长的名片。

刘立冬把名片掖进衣袋，就拎着刚刚打捞上来的甲鱼直奔后厨。

刘立冬第二次见到老同学刘德志，是半年后的事了。

那天，刘德志刘乡长带领一队人马到沿河村检查副业生产，刘立冬是作为村里的典型接受检查的。检查结束后，村里准备了丰盛的“便餐”，但刘德志刘乡长说，到老同学家吃甲鱼。村主任说，咱也准备了甲鱼嘛。刘德志是乡长啊，乡长是说一不二的，于是，他就坐在了刘立冬家的饭桌旁。

八年时间可不是一瞬间啦！刘立冬、刘德志两个老同学推杯换盏，喝得一塌糊涂。

刘立冬向刘德志倾诉了创业之苦，刘德志向刘立冬讲述了官场之难；刘立冬向刘德志畅谈了成功后的喜悦心情，刘德志向刘立冬展望了未来的美好前程。

酒后吐真言。刘德志说，如今当官儿得有这个。说着，右手的拇指和食指在一起捻了捻。刘立冬说，你要是缺钱就吱声，多了没有，我这几年攒了几万。刘德志听了就笑，竟笑出了眼泪。刘德志抓起桌上的纸巾擦了下眼睛说，你从王八屁股里抠出的那几个子儿顶啥用？

刘德志夹起一块甲鱼腿放到嘴里，边嚼边说，不瞒你说，我还得奔步儿。奔步儿？刘立冬不懂。刘德志刘乡长说，你以为我会一辈子在这儿当乡长？刘德志刘乡长又说，一过三十七是报啥都不批——我得趁年轻往上活动啊。刘德志刘乡长还说，有权不使过期作废呀，老同学你就说吧，有啥要我帮忙的？刘立冬想了想，说没有。刘德志刘乡长说，你可给我听好了，别人求我，我还得看看值不值得帮——你我同学一回，一笔写不出两个“刘”来不是？有困难你就说。刘立冬说真的没有。刘德志刘乡长问，你就不想当个村主任啥的？刘立冬笑了，说我哪是那块料，我还是养我的甲鱼吧。刘德志刘乡长说，养甲鱼好，那你就养吧，卖不出去你就往乡里送，这东西我算是吃服了，百吃不厌哪！

刘立冬抬头仔细端详着刘德志刘乡长，当年那张刀削脸儿，如今滋润得红光油亮，甚是饱满。刘立冬端起酒杯说，一会儿我去捞两口袋，走时给你带上。说着，一饮而尽。

刘立冬起身要去捞甲鱼，被刘德志刘乡长一把拉住。刘德志刘乡长摇了摇头说，放心吧你，只要你的池子里有甲鱼，我家里就不会缺甲鱼的，还用你给我？

刘立冬第三次见到老同学刘德志，是一年后的事了。

那天刘立冬接到信儿后，就让老婆焖了两只甲鱼，用保温饭盒装好。刘立冬赶到县城时，还没到晌午。

刘立冬是用县政协委员的“工作证”才敲开看守所大门的。刘德志在会见室里见刘立冬拿来了好吃的，什么话也没说，伸出一双脏手，抓了便往嘴里填。

刘德志把饭盒里的甲鱼吃了一多半儿，这才喘了口气，说：“香，真香！”

老张炒股

老张成为股民，和白纪友有一定关系。

白纪友是老张的朋友，老股民。白纪友入市那会儿，交易得用手写报价单。白纪友在股市里经历了风风雨雨十几年，资产已经从最初投入的2000元，变成了130多万元，足足翻了65倍。

前一波牛市是白纪友最开心的。那时候，他隔三差五就请朋友吃饭，每次在酒桌上谈论的话题都是股票。白纪友经常用“我今天赚了×万”做开场白。这个“×”，可能是5，也可能是6，或者是7、8、9，有时是两位数。他的朋友一愣一愣的，一天就赚几万，咱拼死拼活干一年也赚不了这么多呀！

老张对股票没兴趣。

白纪友说，炒股得靠知识、智慧和胆识。白纪友还说，炒股没有知识行吗？你不懂K线语言，不掌握世界经济脉搏，那还能炒股？多少钱都得赔进去。白纪友又说，要炒股赚钱，智慧和胆识一样都不能少，上涨时，拿不住股票不行；下跌时，死抱着不放、不会止损更不行。总之，选票要准，出手要狠！

白纪友不让他的朋友炒股。他说，我入市的时候股票多便宜呀，现在，大盘快涨到天上去了，现在入市，晚喽……

老张本不想炒股，他也没有本钱，可他却阴错阳差地替李老板炒起了股票。

李老板当年炒股赔得很惨，一气之下，他砸了股票大厅，想一死了之。可他没死成，被判了半年刑。从监狱出来后，李老板从零开始，在商海里打拼十年，终于成了腰缠万贯的阔老板。

李老板当年发过誓：不再碰股票。可他内心深处的股票情结总也驱除不掉。那天，他突发奇想，自己不炒，雇人炒。就这样，李老板和老张一拍即合。条件是：李老板出资 10 万元，时限为一年，到期后，按亏损数额付给老张报酬；亏得多，老张就得的多。如果赚了，连本带利全归李老板，老张没有报酬。

只许赔，不许赚。这对老张太有诱惑力了。他从白纪友那知道，股市里赔易赚难。他暗笑李老板钱多烧昏了头。

老张悄悄地开了户，拿到账号后，当天就买进两只股票。收盘后，一赔一赚。赔的少，赚的多，参考市值居然增加了 500 多元。

老张着急了，急忙去请教白纪友。

白纪友提醒他，现在不是入市的时候，大盘的点位太高了——现在入市，十有八九会赔钱的。老张一听，心里暗暗高兴，他要的就是“赔”。老张拐弯抹角地问什么股票能赚钱。他想，什么股票赚钱，我就不买什么，还愁不赔钱？

白纪友说，炒股要“两多一少”，就是要多用大脑，多用眼睛，少用耳朵。白纪友嘱咐他，千万不能听电视上股评师的，那都是庄家花钱雇的。白纪友还说，炒股的成败主要取决于选股票，你得用选美女的方法挑选股票，得用对待情人的心态对待手中的股票。白纪友解释说，漂亮的女孩是蓝筹股，温柔的女孩是长庄股，大龄女孩是国企股，聪明的女孩是能源股，活泼的女孩是小盘股，野蛮的女孩是 ST 股……股票买到手后，该留时，就得抱住；该抛时，就得出手。

白纪友说，买蓝筹股最安全，也符合“价值投资”的理念。老张可不管什么价值不价值，他专门选没有价值的“垃圾股”。他卖掉原来的两只股票，全仓买进一只正在下跌的垃圾股。那只股票当天就跌停了。老张别提有多开心了，他一看账户，赔了 8%，参考市值变成 9.2 万多元了。

老张给白纪友打电话，像报喜似的告诉白纪友，他买的那只股票跌停了。白纪友生气地说，你呀你，那股票还能碰？已经破位了，还得跌；明天开盘赶快卖掉吧！老张嘴上答应“是是是”，心里却乐开了花——跌吧，越跌越好。既然“还得跌”，那就坚决持有！

白纪友没说错。第二天，那只股票低开 2%，然后一路下行，到中午收盘时，跌了 5 个多点。老张再看账户，参考市值只剩 8.7 万元了。这就是说，不到 3 天，他就“赚”了 1.3 万！

中午，白纪友来电话问他卖了没有，他说没有。白纪友说，你疯啦？

快点儿止损呀！还得跌，你有多少钱够赔的呀！

要不是白纪友这样说，老张也许就卖了，一天半就跌了13%，他也想见“好”就收。他相信白纪友的话，既然“还得跌”，他怎么舍得卖呢！

下午开盘后，大盘下跌，可那只股票却逆势上涨，不一会儿就翻红了，不到一个小时，居然上涨了5%，里外里就是10%呀！眼看着市值由8.7万变成了9.6万。老张这个急呀！他打电话问白纪友要不要卖。白纪友说，卖，这是反抽，还得跌。

老张放心了，管他反抽正抽，只要“还得跌”，他就不卖。

让老张和白纪友都没有想到的是，收盘时，那只股票涨停了。第二天，老张的那只股票“因重大事项停牌”。这一停，就是11个月。

复牌的当天，没有涨跌幅限制。老张担心股票会上涨，白纪友说，这11个月，大盘跌了两千多点，这只股票得补跌，让老张赶快卖掉。正当老张满怀希望地等待“补跌”时，那只股票却高开了70%多，到收盘时，涨了87.5%！账户里的资金一下变成了18万。

老张坐在电脑前，呆若木鸡。

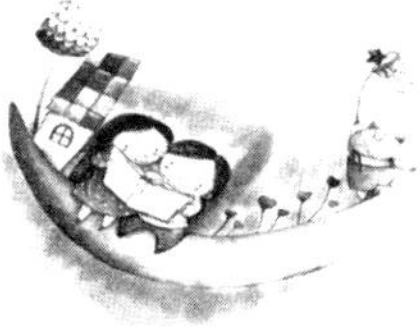

汽车路过相思河

这次去白云查干银矿送货，王科长亲自出马。路上，我这个业务员啥事儿没有，往后面一坐，睡觉。

第二天中午，“大金刚”停在“相思酒家”门前。王科长回头喊我：“下车下车！到相思河了，喂脑袋啦！”条件反射，喊声刚落，我的肚子就叫了起来。颠簸了一上午，饿了。

相思酒家是相思河镇唯一的酒店。店面不大，很干净。

四碟小菜，三瓶啤酒，手把瓶，司机小张也不例外。

端盘子的是个二十多岁的姑娘，高个儿，长得白白净净，像只快活的百灵鸟，唧唧喳喳，嘘寒问暖。听说我们去银矿送木材，姑娘眉开眼笑地说：“好呀好呀！”老板娘有这样一个漂亮女儿？以前怎么没见过？我没话找话和姑娘搭讪，可她一问三不知。

正在我纳闷时，老板娘端来一盘“手把肉”，说是赏给远方尊贵的客人的。我小声对王科长说：“这菜是赏给科长大人的。”王科长美滋滋的，连连向老板娘道谢。

王科长不担酒，半瓶啤酒下肚，脸就成了紫茄子。他抓起一块羊排，对老板娘说：“晚上回来时，我们还到这儿。”

老板娘笑着点点头，说：“我有一件事求你们。”

“说，啥事儿?”

“求你们把小丽捎到矿上去，她是从吉林来的，要到矿上去探亲，都在这待三天多了，你们要是不来，她还得再等三天。”

“好说好说。”王科长认真地看一眼小丽，满口应允。

小丽边给我们倒奶茶，边说着感谢的话。老板娘让她去吃饭，说一会儿好跟车走。小丽答应一声，回后厨去了。

开车了。

我和小丽坐在后排，中间放着小丽的帆布旅行包。王科长还是坐在副驾驶的位子上。

车厢里多了个俊俏的小媳妇，空气里仿佛喷洒了清新剂，清清爽爽的。我的眼睛再也合不上了，左看看，右看看，好像草原上的每一棵草都在吸引着我的眼球。一路上沉默不语的王科长也打开了话匣子，这个四十多岁的汉子，一下子变成了小孩子，什么事都想刨根问底弄个明白。

小丽也很健谈，一副“知无不言，言无不尽”的架势。小丽说：“要不是你们来了，我真想求阿姨把东西捎到矿上算了，我实在没时间等了。”她告诉我们，她是吉林省永吉县一所农村小学校的老师，去年正月，结婚没几天，她的丈夫就到内蒙打工了，这一走，就是一年多。原定今年春节回家，可直到暑假也不见人影。眼看快开学了，她思夫心切，就自己摸来了。她把给丈夫织的毛衣、毛裤，还有手工做的棉鞋，全带来了。原来打算到矿上待两天，给丈夫和工友拆洗一下被褥，收拾收拾，然后赶回去，差不多就开学了。可她到了满洲里才知道，公共汽车只通到相思河镇，离矿山还有好几百里地呢。酒店的阿姨告诉她，要想去矿山，只能等矿上的买菜车捎脚儿。不巧的是，她到相思河那天，矿上的车刚回去。没办法，她就一边帮阿姨干活，一边盼着有车来。

小丽叹了口气说：“回去时，我还得坐你们的车，矿上的车，得三天以后才能去相思河——你们在矿上待多久？”

王科长说：“卸完木材就走。”

“卸车要多久？”

“最多也就半个小时吧。”

“那，那我把东西交给他，就跟你们回去。”

王科长笑了，说：“那哪行！久别胜新婚，你大老远来的，见了面儿咋的也得那啥呀，是不是？”

小丽犹豫一会儿，说：“开学前，老师要提前上班的，路上耽误的时间太久了，我得赶回去了。”

“那也得唠唠嗑儿吧——放心吧，我们多等你一会儿。”

“那太好啦！谢谢大哥！你们真是好人哪……”

让我意外的是，王科长满口答应等小丽，可刚卸完车，他就吩咐小张开车走，而且是“马上走”。

返回相思河时，天已经黑了。那天晚上，我们就住在“相思酒家”。

吃晚饭时，我总感觉小丽就在后厨，好像她随时都会走出来似的。

从白云查干银矿开车，直到躺在床上，我一句话也没跟王科长说。没想到，真的没想到，王科长怎么可以言而无信呢！

夜深了，三个男人翻来覆去睡不着。钢丝床像比赛似的，“吱吱呀呀”叫个不停。

“你俩没睡吧？”王科长问。

小张含混不清地答应一声。我假装睡着了，没理他。

“知道为啥不等小丽吗？”王科长又问。

“为啥？”小张翻了下身子，看来，他也有疑问。

王科长说：“把她扔在矿上，她最多晚回家三天，就算是耽误三天班儿，又能怎样！”王科长坐起来，点上一支香烟说，那个小丽，下车后就急慌慌地打听她的丈夫，有人告诉她，她丈夫当班儿，在井下呢，她提着旅行包就往坑口跑。我估摸着，下班前，她肯定见不到她的丈夫。王科长吸了口烟，接着说：“大老远跑来，小两口儿连面儿都见不上，你俩说，咱忍心把她拉回来吗？”

小张没说话，我也没说话。屋里静静的，只有王科长的香烟，一明，一暗。

包袱

这个包袱他整整背了二十年。

刚毕业那会儿，每每想起那件事，他就难过得无地自容，那种挫败感一直折磨着他。

大学毕业后，他被分配到一家令人眼热的单位。没多久，就有一次提职的机会，然而，竞职时他却一言不发，眼睁睁地把机会让给了别人。那年月，本科毕业生凤毛麟角，好多人都替他惋惜，他也对自己的临阵退缩而懊悔。

他诅咒发誓：下次一定要抓住机会！

二十年了，机会一次又一次来，哪一次他都没能抓住。毕业典礼上那次失败的阴影像被人施了魔法似的，牢牢地钉在他的心里，怎么也驱除不掉。

他曾为此失眠，整夜整夜无法入睡，白天却昏昏沉沉，总也打不起精神。他查过好多相关资料，也看过不少心理医生，能想到的办法都想了，仍然于事无补。他想，唯一的办法就是向同学们解释清楚这件事儿。事实上，这是很难做到的，不要说好多同学已经失去了联系，就是偶尔通通电话的，说的也都是工作上的事儿，谁会说到已经成了历史的毕业典礼呢？

没机会解释，那件事儿就成了无法释怀的包袱，压得他直不起腰来。光阴荏苒，他由一个才华横溢的年轻小伙儿，变成一个猥猥琐琐的中年汉子。

毕业典礼上发生的那件事儿，经过他大脑的反复回放，变得愈加清晰了。

那天，老师让他代表毕业生在毕业典礼上讲话。全系三百多名毕业生，选上了他，这是荣誉呀！他能不重视吗？

主席台上，学院领导正襟危坐，毕业班的师生齐刷刷地坐在下面。他瞥一眼坐在旁边的同桌李子，李子一副心不在焉的样子。他下意识地打开讲稿，认真地看起来。看完一遍，他轻轻地把讲稿扣在课桌上，静静地等着。

“下面请毕业生代表讲话！”主持人话音刚落，掌声骤然响起。他站起身，抓起讲稿，大步走上主席台……他记不清自己讲了什么，也记不得是怎么从主席台上下来的。当他说完最后一句话时，台下响起了掌声。那掌声，他听起来是那么刺耳，那分明是对自己的嘲笑呀！回到座位，李子对他笑了笑，他的脸火辣辣的，沮丧极了。他懊悔地想：假如不写讲稿，只打个腹稿，也会讲得很好的。遗憾的是，他写了讲稿，却讲得一塌糊涂，他甚至连自己讲了什么也不记得了。

他下定决心，再与同学通电话时一定得把那件事儿解释清楚。然而，下次通电话时，他还是没能解释。他恨自己！

机会终于来了！二十年后，他们班举行了第一次同学会。他决定在同学会上把那件事儿原原本本地解释清楚。

同学会的第一项议程是唱歌，唱《年轻的朋友来相会》，很庄重。接下来是座谈，每个人轮流发言，介绍各自毕业后的经历。听着昔日同窗侃侃而谈，他有如神助，忽然找到了感觉。没等轮到他发言，他就抢先说开了。

他说：“大家还记得咱们的毕业典礼吧？那天我代表毕业生讲话，讲砸了……”好多同学都怔怔地看着他，脸上木木的，没有一丝表情。他接着说，那天我本来是认真地做了准备的，我写了四页讲稿，临上台前，我还看了一遍，看完就把讲稿扣在桌子上，可是没想到，到台上我才发现，第一页讲稿落在桌子上了。他又说，不是我没准备，也不是我不会讲话，要不是把第一页讲稿落在桌子上，一定不会是那样的。他摇了摇头继续说：“真可惜，我居然讲砸了。”说完，他长长地吁了口气，抓起纸巾擦了擦头上的汗水。

“讲砸了？我怎么不记得了？”有人说。

“我也不记得了。”又有人说。

他瞪大了眼睛，吃惊地看着大家。当他的目光落到李子的身上时，李子笑了，说：“我记得，你那天很潇洒呀，看了一眼讲稿却没照着念，讲得棒极了——大家都给你鼓了掌呢！”

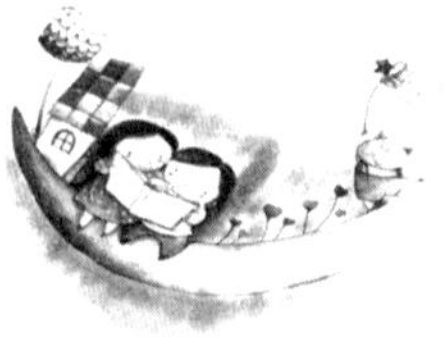

咪咪是只猴儿

去年暑假，做教师的妻子张罗着要去旅游。我知道，她是看我下岗后总是憋在家里，十天半月也鼓捣不出一篇像样的文章来难受，想让我出去散散心。我俩游完北京，便乘车南下，直奔青灵山，因为妻子要看猴儿。

青灵山位于巴山蜀水之间，那里有许多迷人的传说。在这浮躁的社会里，虚幻的美总能给人带来某种心灵的慰藉——这也许正是时下人们热衷旅游的原因之一吧。

我们是两天后才抵达旅游景区的。那天，天气很好。下车后，游客们沿着两侧开满野花的山路走出一身汗水，才来到登山口。虽然还没开始登山，但许多人已是气喘吁吁热汗涔涔了。

抬眼望去，一条石板小径一级一级地向山上蜿蜒开去，远远地隐没在云雾中。大多数游客都会在这拍几张照片，便算是“到此一游”了。也有坐“滑竿”上山的，这样既可以饱览山中美景，又不用吃登山的劳顿之苦。

妻子是不会同意只在山下拍几张照片了事的，更不会花钱坐“滑竿”。她此行的目的很明确：看猴儿。为了能跟猴子合影，临行前，她亲自下厨，盛情款待了我的老同学亮子，请亮子教我俩照相。经过培训，从没摸过相机的我，也知道了什么叫光圈、快门，甚至连“景深”也略知一二了。学费就是一桌酒菜，亮子给我俩发的文凭是一台“傻瓜”照相机。说是发的，其实只是借用。亮子还嘱咐说，相机不怕用，怕的是磕碰……

看猴儿的美好愿望就要实现了，妻子把兴奋全写在脸上。不过，爬山对日渐发福的我来说，可不是一件轻松的事。妻子却兴致勃勃，好像浑身有使不完的劲儿。

实在爬不动时，我就让妻子给我照相，虽然我对照相没有一点儿兴趣。照相就得停下来，得摆姿势，找角度，这样，我就能喘息一会儿了。

遇到咪咪是在快爬到山顶的时候。咪咪是一只猴儿，鬼知道它叫什么名字。妻子见了它就像老友重逢似的，张口就"咪咪咪咪"地叫开了。

妻子用一袋面包的代价，终于赢得咪咪的信任。在与猴子零距离接触的时候，妻子兴奋得面红耳赤。"快，快呀——照相。"妻子惊喜地喊我。

我连忙举起相机。妻子小心地抚摸着猴子的头，那只猴子抬眼望着她，等待她再次施舍。

"咔嚓"，妻子与猴子被定格下来。

"咪咪别动，"妻子轻轻地拍了拍猴子的头，向我摆手，"快，我也给你照一张。"

我急忙走上前，伸手将相机递过去。正在这时，咪咪一把抢去相机，转身便跑向山顶，并迅疾地爬到一棵高大的松树上。我想，亮子这台相机怕是要报销了。

望着树上的猴子，我默默地祈祷：亲爱的猴子，你可千万别撒手呀！

"好咪咪，还我的相机嘛！"妻子仍用叫猫的方法，"咪咪咪咪"地呼唤着。

山顶游人不多，有几位热心的游客围拢来，一边安慰我们，一边兴致勃勃地仰望树上拿着相机的猴子。

"看！猴子照相呢……"有人高声喊道。

我抬头看去，只见那只猴子正模仿人照相的动作，对着下面不停地揿动快门。

"早就听说这里的猴子爱抢东西……"

"前些天还抢过一个人的挎包呢！"

游人议论着。

我颓然地坐在草地上，浑身没有一点力气。被汗水浸湿的衬衫紧贴着身体，难受极了。

"听说猴子不要别人的东西，一会儿会还给你的。"有人安慰妻子。

听了这话，我松了口气。果然，过了一会儿，那只猴子要下来了。我和妻子提醒游人向后退，并屏住呼吸向那只猴子行注目礼。

"咪咪，求你了，快把相机还给我们吧。"妻子低声恳求着。

猴子像是听懂了她的话，快速向地面靠近，刚一着地，便将相机往草地上一扔，蹦蹦跳跳向山下跑去。

照片扩印出来是回家后第三天的事。

看到青灵山的照片时，我和妻子惊呆了：有几张照片，上面没有妻子，也没有我——是那只猴子拍的。其中一张，以石阶为背景，画面主体是一对男女抬着“滑竿”，吃力地向上攀登着；躺椅上坐着一个胖男人，手里拿着扇子。远处，三三两两的游人点缀在石阶上。石阶两侧，绿树红花，静谧清幽。

还给亮子相机时，除了带给他一份像样的旅游纪念品外，我还带上了旅游时拍摄的全部照片。

亮子接过照片，一张一张地看。“好！这张拍得好！”亮子捧起那张以石阶为背景的照片说，“小角度俯拍，构图多好……”亮子啧啧称赞。

后来，这张照片被亮子放大并装在相框里，他还给这张照片取名为《上帝之眼》。再后来，这幅照片在全省摄影大赛中荣获金奖。再再后来，我就当上了市摄影家协会的副主席了。

成了摄影家后，我就不再写稿子了。没事儿时，我就拿一台“傻瓜”相机到处转，得什么拍什么。别说，我拍的照片接二连三地在各级摄影大赛中获奖，省市报刊也经常刊登我的摄影作品。不过，我还有一个愿望：再去一次青灵山，亲手拍一张《上帝之眼》。

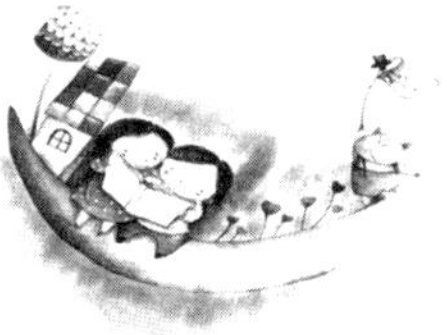

邻　居

开春儿时，对门搬来一对小两口儿，没事儿时常到我家坐坐。一来二去，我知道他俩都是从农村来城里打工的。

农村人实在，我喜欢。小两口儿没安电话，小媳妇每个月都要用我家电话往乡下老家打一两次，打完电话总是笑着说声“谢谢”。

“不用谢不用谢，打电话就过来。”每次我都这么说。

时间久了，老婆不高兴了：“往乡下打一分钟就三毛钱，她哪回不得打两三分钟，一个月下来，没个三块两块的打不住……”

我说，远亲不如近邻，总不能跟人家要块儿八毛钱的电话费吧？咱又不是开电话亭的。听我这么说，老婆更急了：“既然咱不是开电话亭的，她凭什么总来咱家打电话?”

“咱们不是邻居嘛!”

“邻居？这样的邻居少搭理……”

老婆在家总是说一不二，我只好保持沉默。

入冬后的一天晚上，有人敲门。老婆趴猫眼儿一看，脸拉得老长，转身回坐到沙发上。一定是邻居来了，我忙跑去开门。门外，小两口儿满脸笑容，身旁立着两个编织袋。

“大哥，这是老家新打下来的大米，给你们两袋儿尝尝。”小丈夫说。

“这……”我愣在门口半天没动。

“我家种的，”小媳妇笑着说，“快拿进屋呀!”说着，小两口儿一人提一袋，放到屋里。老婆忙从沙发上站起身，去取水果……

“新大米的确好吃。”每次端起饭碗，老婆都会说上这么一句。

一晃，邻居有好长时间没来我家打电话了。那天晚上，我和老婆正看电视，电话铃响了。老婆接完电话告诉我，邻居家的小媳妇买手机了。她手里捏着一张写着电话号码的纸条儿，像个犯了错误的孩子似的，一副手足无措的样子。

过河钱

“俺可得攒些过河钱儿呀，要不赶明儿有个病灾儿的，该连累你们了。”老太太刚强了大半辈子，经常对儿女们这么说。

儿女们不理解。眼看快八十岁的人了，非一个人独住，多叫人不放心呀。

“俺辛辛苦苦一辈子，没攒下别的，就是有个窝儿——你们家呀，俺住不惯。”五个儿女五个温馨的家。老太太哪也不去，谁提出接她去同住，她就把这番话说一遍。

儿女们都知道，老太太有钱，不用说退休金，光老爷子去世时的保险金和抚恤金，就五万多元。

尽管老儿子日子过得紧巴点儿，但也没想打老妈的主意。那年，老儿子的儿子考上大学，接到录取通知书时犯了难：光报到就得交一万多块钱。老儿子媳妇出主意：“发子，你去跟妈借五千，行不?”

“五千？美的你——能借五百就烧高香喽!”老儿子知道老太太的秉性。借她钱，还不如抽她的血呢。好在有两个哥哥、两个姐姐做后盾，一万块钱很快就凑齐了。

要开学了，孙子向奶奶告别。老太太抖着手，拿出一张百元大票。

“拿着，省着点儿花——你大哥明明上大学时也是这个数儿……”老太太认真地说。

“谢谢奶奶!”孙子给奶奶鞠了一个九十度的躬，乐颠颠地跑回家。

老儿媳妇不愿意了。大明子上大学是哪年的事儿，十多年前的一百元能顶现在的五百元。这老太太，忒抠!

为这，老儿子还和媳妇闹了个半红脸儿。

儿子媳妇女儿女婿都心知肚明，老太太对自己更“仔细”。自打过了七十大寿，儿女们就没见老人穿过新衣服。老人穿的裤衩都是自己用旧衬裤改的。

老太太吃的就更简单了。一日两餐，全是素食。主食米饭，一顿一两；副食以萝卜、白菜为主。老太太说了：冬吃萝卜夏吃姜，不劳医生开药方；百菜不如白菜，白菜营养多着呢。

儿女们哪家做了好吃的，都想着给老人送去。要是走着去，老太太就心疼：大老远的，跑啥？我吃不了多少，对付一口就中了；要是打车去，老太太就生气：拿这点玩意儿，还不够车钱。

老太太每月的退休金一千多元，还有医疗保险。老太太对“医疗卡”格外亲，常常持卡买药。儿女们要替她买，她不允：卡是什么？钱——弄丢了到哪找去？

一天，老太太又去药房买药，回来时滑倒在路上，被好心的路人送到了医院。

输液七天，老太太终于睁开了眼睛。

“妈，妈！”大女儿喊。

“妈，妈！”二女儿喊。

“妈，你说话呀！”儿女们都喊。

“别喊了，”医生轻描淡写地说，“这已经是奇迹了。”

抢救七天，花了一万八千多元。医生说，住院已经没有意义了，但如果不住院，最多能挺七天。

“住！”大儿子对医生说。

输液，下流食。老太太气若游丝。

由大儿子主持的临时家庭会议就在老人的病房召开了。会议决定：由两个女儿一同到老人住处，查找老人的存单或现金，以备急用。

“反正是时候了，妈留的不就是‘过河钱’嘛。”儿女们一致同意。

两个女儿找了两天，打开了所有的箱子、柜子，连装鞋的纸箱、床上的草垫子都翻了个遍，却没见一分钱现金，也不见存款单的踪影，倒是找到一纸遗书：

我的十万零五千四百元过河钱，用于治病买药。如果有剩余，归三个儿子和两个女儿平均分。房子至少值十五万元，卖掉，钱归五个孩子……

十万零五千四百元，在哪？

两个女儿找，两个女婿也找；三个儿子找，三个儿媳也找；白天找，夜里还找……没找到。

老太太去了。

治病加发送老人，儿女们一共花去六万多元。老儿子为此还欠下一笔外债。

一天，四辆消防车呼啸着向老太太居住的楼院开去。老太太的屋里浓烟滚滚。

一把火，将老人屋内的可燃物全部化为灰烬，连洗脸盆都烧变了形。消防人员说，火灾是电线老化引起的。

一晃，五年过去了。老太太那处两居室的楼房一直空着……

宝 地

一晃，四十多年过去了，地还是这地，土却变了。

那时，叫宝地，土，黑黑的，攥一把，滴油；可现在，板板结结，薄喽！老汉干瘦的骨架上披件脏兮兮的褂子，手拄锄杠，慨叹着。

不知是自己老了，还是让化肥给“化”的，总觉得现在的粮食不耐吃，没味儿。龟孙子，有俩钱儿烧的，守着宝地买粮吃。妈拉个巴子的！

日头火辣辣的，灼人。老汉弓着腰，汗水水地锄着。锄头下去，腾起的黄尘就吻上老汉那张多皱的面皮。小苗儿蔫了叶，旱的。唉！老汉叹息着，老天爷呀，快点儿下雨吧，我给你磕仨响头，中不？

地荒成这样，不管，满世界瞎跑，说什么打工，找项目。这龟孙子！老汉很焦火。

今儿是最后一天，这个礼拜，全是晴天，天上连条云彩丝儿都不见。锄了七天，还剩一多半儿。望了满眼的苗儿，可怜巴巴的。锄过的，孤零零，瘦瘦地摇着；没锄过的，瑟缩着，栖在草里。老汉原是打算在“老疙瘩”（最小的儿子）这过，可那哥儿仨不允。老汉知道，老疙瘩媳妇也那个味儿，妯娌四个一个赛一个，都有点儿“真他妈的”。不冲别的，就冲这块宝地，就冲老伴儿葬在这儿，可四个“少的”（当然还有媳妇）定了，让他“吃轮供”——一家待一个礼拜。唉！儿大不由爷呀……

吃谁饭，帮谁干。这一点，老汉把握得住。要说最卖力气的，顶数在老疙瘩这儿。老汉心里有谱儿：汗水流进宝地，仁义、值得。可老汉嘴皮子磨得飞薄，白费，老疙瘩听不进。

挨饿那年，要不是这块宝地秋后打了点儿荞麦，龟孙子，早喂狗了；你娘，靠吃灰菜顶着，脸肿得像烂桃儿——临咽气儿，也没舍得咬一口荞麦饼子……这些话，老疙瘩都能背下来了。

土地承包那年，宝地归了老疙瘩。那咱，老汉就在老疙瘩这。老疙瘩把宝地留给老汉，自个儿山里山外跑，后来就进了城，整天忙得要死。起初，农忙时也回来，种呀，锄呀，犁呀，收呀，风风火火，抓鬼般。别看龟孙子不经心侍弄，化肥一扬，照样“保打”，尿性不？这几年，龟孙子，连看也不看一眼，说种地没意思，汗珠子掉地摔八瓣儿，不出钱……妈拉个巴子的，好好的宝地，荒着，造他娘的孽哟！

太阳爷儿下山了，田地灰灰的，像罩了纱。

老汉木着脸，望一眼西天，起云了。有风，凉飕飕的。老汉掮了锄，懒懒地回。

“他爷，快吃饭。”前脚刚进门槛儿，老疙瘩媳妇就指着小屋说。老汉撩起门帘，饭桌（其实是一个小木凳）放好了。

“今儿是星期天……”门帘外，老疙瘩媳妇又说。

老汉抖着手，捧了碗，心醋醋地酸，有泪涌出，花了视线。唉！老汉叹息着，忙说：“明儿，上，上他大爷儿那。”

“天气预报说，今儿黑到明天有大雨——还是吃了饭就去吧。”

“嗯，嗯哪。”老汉瘪着嘴，涩涩地噎下两碗干饭。

屋外。云，沉沉的。

老汉松松地夹了行李，蹒蹒跚跚，跚跚蹒蹒，向村东走去。一道闪电，一声炸雷；又一道闪电，又一声炸雷。雨点密密斜斜，齐齐地砸向田野，砸向宝地，也砸向跪在宝地上磕头谢天的老汉。

大雨，下了七天七夜，洪水冲走满田的苗儿，也冲碎老汉那颗凄苦的心。

老汉被抬回家后，就没再说话，左半边身子也动弹不得。老疙瘩风风火火赶回家，跪在老汉床前泪雨纷飞：“儿子不孝啊，爹呀……”

老汉用目光告诉儿子：“回来就好啊。”

老疙瘩抓过老汉的手，哽咽着说：“爹呀，不是儿子不想种地，是种粮食不出钱哪，俺这回弄来了项目——种绿化草，种草，知道吧爹，比种粮食来钱哪！”

第二天，老疙瘩就挨家挨户给村民送草种和“定金”。

半个月后，被洪水冲光了秧苗的田里长出了嫩绿的希望。入秋，从城里开来几十台大汽车，蚂蚁搬家似的往城里拉草。村里人的腰包，一下子鼓了起来。

宝地的尽头，老疙瘩双手掐腰，望着“收获”后的田野。脚下，绿化草的种子正在发芽。

将军泪

将军已年逾古稀。

金沟镇是将军的老家。将军那条左腿就是当年攻打金沟时被日本鬼子的炮弹炸飞的。

将军虽离休多年，但他对书画艺术的酷爱并未因此而有半点儿减弱。一日不书、不画，就像缺少了什么似的。

将军自幼便习书作画。后来，日本鬼子侵占了金沟，尚未成年的将军被逼下井采矿，眼看着黄灿灿的金子白白被日本人抢掠走，将军死活不肯再为日本人卖命。

一天深夜，将军逃出了金沟。找到了“队伍”的将军脱下了日本人的矿工服，换上了八路军的“军服”。成了军人的将军对书画更加痴迷。

将军的字，锋芒藏露得体，气势雄浑苍劲；将军的画，形神兼备，惟妙惟肖，令人拍案。当年，将军还不是将军时就曾为许多阵亡的弟兄画过肖像写过挽联。作战间歇，望着满眼的硝烟，将军也会情不自禁地抓起被炮火烧焦的炭条儿画上几笔。或许正是经过了炮火和硝烟考验的缘故，将军的艺术功底十分了得！

离休后，将军多次向省城书画院的教授求教，其书画技艺有了长足的进步。在县工会举办的老同志书画大赛中，将军连年独占鳌头，一人独得书法、绘画两项桂冠。

忽一日，一台小汽车在将军宅前的土路上戛然而停，车上下来两位干部模样的年轻人，说是县文化局的，要请将军为即将落成的烈士纪念碑题写碑文。将军听后异常激动，满口应下。当他接过碑文，看到下面一串熟悉的和陌生的人名时，他呆住了，好半天一动不动。

“将军?”有人催他。

将军回过神儿来，铺开宣纸。

提起笔，将军的思绪又回到了当年。

阵地上，将军伟岸的身躯迎着呼啸的子弹，他果断地下达命令："二营长！你营火速包抄金沟东路，切断敌人退路……三营，跟我上！"金沟终于拿了下来——将军是在苏醒后得知这一消息的。那次战斗非常激烈，弟兄们伤亡惨重，二营的弟兄全部阵亡……

饱蘸浓墨，气沉丹田。将军抖着腕，挥起笔。将军呼吸急促，手抖得厉害，换了几张宣纸都没能成功。无奈，将军与来人约定，两天后再取碑文。

第三天，小车又一次停在将军宅前，车上下来四个人。

来人推门进屋，只见将军正在埋头作画。饭桌上凳子上角落里，到处都是人物的肖像画。

"碑文呢?"来人问。

将军不语，继续作画。

"将军，我们是来取碑文的。"来人又说。

将军抬起头，两眼噙满泪水。

"刘玉喜啊，我的好兄弟哎——"将军泪流满面，高声呼喊。

来人捧起碑文的原稿，"刘玉喜"三个字赫然在目。

后来听说，矗立在县城西郊的抗日英雄纪念碑的碑文并不是将军的手笔。县里举办的将军个人画展倒是历久不衰，人们经常看到有成队成队的学生到展览馆参观。

老伴儿

老伴儿对他太好了。

老伴儿走后，德胜老汉总觉得自己对不住老伴儿。风风雨雨几十年，老伴儿为他做得太多太多，而他为老伴儿做得太少太少。

老伴儿知道得了胃癌，日子不多了，对他就更加体贴了，还悄悄地给他添置衣服。以前穿过的外衣外裤、内衣内裤，包括背心裤衩儿，一件一件地洗干净，叠好，放到柜子里。老伴儿说，够你穿两年的了。两年后怎么办？老伴儿没说。

任凭德胜老汉怎么劝，老伴儿就是不去住院。

老伴儿说，去了医院，我就回不来啦……把钱都糟蹋没了，你咋整？

老伴儿还说，德胜呀，我不怕死，人死如灯灭，两眼一闭，啥也不想，享福啦——我呀，就是不放心你，没有我伺候你，你可咋整？

德胜老汉抓住老伴儿的手，眼泪就止不住了。别说了别说了，你别说了……你不能走，我不让你走！

老伴儿还是走了。

老伴儿走了，给德胜老汉留下大半柜子替换的衣服。有外衣外裤，也有内衣内裤，包括背心裤衩儿，一件一件，叠得整整齐齐，码放在柜子里。

那些衣服德胜老汉舍不得穿呀！想老伴儿了，他就拉开柜门，看上一阵子，边看边对着那些整整齐齐的衣服说话。德胜老汉知道，他说的话，老伴儿一准听得见。

身上的衣服穿脏了，德胜老汉就自个儿洗。有全自动洗衣机，洗衣服不愁。

三年过去了，老伴儿给他留下的衣服，他一件也没舍得穿。

日子流水样过。

德胜老汉68岁了。有人给德胜老汉介绍后老伴儿，他把头摇成了拨浪鼓。

介绍人走后，德胜老汉拉开柜门，和老伴儿说话。

德胜老汉说，你呀，弄了这么多衣服，就是怕我伺候不了自个儿，放心吧，我自个儿能过。

德胜老汉又说，你呀，就是个小心眼儿。放心吧，我不找人了，你等着我，哪天哪，我就过去，过去和你做伴儿，啊？

又有人给德胜老汉介绍后老伴儿了。

介绍人说，我知道你还念着你老伴儿，可这人死不能复生啊。

介绍人还说，你看那谁，还有那谁，都找了后老伴儿，人家过得多好啊！你也七十好几了，别太苦了自个儿哟！

德胜老汉说，我有老伴儿！

介绍人被德胜老汉吓了一跳，怔怔地看了他一会儿，转身就跑，再也不敢来提亲了。

德胜老汉又拉开柜门，还和老伴儿说话。说着说着，德胜老汉就过了80岁了。

德胜老汉洗不动衣服了，稍微一活动，就气喘如牛，拿不成个儿了。

德胜老汉说，老伴儿呀，这些个衣服呀，去见你的时候我带不过去啊，我不能浪费了你的一片心哪，我穿，啊？

德胜老汉开始穿20年前老伴儿为他准备的替换衣服了。

每换上一件衣服，德胜老汉都要和老伴儿说上一阵子话。

德胜老汉是84岁那年走的。

听邻居说，德胜老汉是看见老伴儿留给他的遗书后，心脏病发作去世的。遗书就夹在衣柜最下层的两件衣服中间，要不是那些衣服快穿完了，他还发现不了。老伴儿在遗书中告诉他：你早点儿找个伴儿吧，有个人来照顾你，我在那边也就安心了……

老夫老妻

“张春花一朵鲜花插在了李守仁这泡牛粪上。”这是当年李守仁和张春花结婚那阵子村里人挂在嘴边上的话。

李守仁不服气。说张春花是一朵鲜花他没意见，可自个儿怎么就成了牛粪呢！他除了心眼儿实、话语少，个头儿矮一点儿、长相丑一点儿，哪样也不比别人差，干起活儿来更是不报下洼地。别人铲两条垄，他绝不铲一条半，而且还比别人铲得深，铲得干净。谁不知道李守仁是个拿得起放得下的好劳力？

已经是老夫老妻了，现在回想起来，当年那些长长短短的话有什么意思呢！

李守仁坐在病床旁边的小凳上，静静地看着张春花核桃样的瘦脸，从这张脸上，他怎么也看不出四十年前那花儿一样的俊俏模样。

岁月不饶人哟！李守仁觉得对不住老伴儿。张春花心口疼了十几年，他怎么就没早点儿领她到医院看看呢！吃不下饭了，吃一口儿吐一口儿了，这才想起上医院。大夫说了，不是心的病，是胃的病。

到天黑，住院就满三天了，大夫还说不准是啥胃病。确不了诊，就靠吊盐水顶着。李守仁心疼老伴儿，更心疼钱。一天就是几百块，要命一样！

张春花醒了。看见李守仁那张蒙了灰的苦瓜脸，她犯了寻思：八成自个儿的病没救了吧？

张春花想起晌午她上厕所时听见两个人说的话。一个说，胃癌，晚期，挺不了几天了；另一个说，那也得治呀，不治不就更完了嘛。一个说，治也是白扔钱，吃一口儿吐一口儿了；另一个说，挺一天算一天呗……她撒完尿出来，李守仁站在厕所门外等着她，见她出来，笑了笑，领她回到病房。

张春花本想到大医院打上几针就回去，家里的猪呀、鸡呀，还有那条大黄狗，都张着嘴等着她呢。张春花忽然害怕起来，她担心自个儿回不去家了。在厕所里听到的话又一次清晰地在她的耳边响起来，叫她头皮直发奓。怪不得老头子的脸色像死了爹娘似的，莫不是他知道自个儿得的是绝症？

李守仁见张春花醒了，问好点儿没？

张春花半天没言语，过了一会儿，眼里滚出两串泪珠来，说他爹，我想跟你说个事儿。

啥事儿？说呗。

那啥，张春花抓起被角擦了擦眼睛，接着说，你还记得大闺女三岁那年你出民工吧？

记得，咋不记得，去了两个月零三天呢。

你走了以后啊，我，我就天天想你。

我也想你呀，能不想嘛。

后来，我，我做了对不住你的事儿了，我，我……

啥事儿呀？还对不住我。

那咱村上不是有个王会计吗？他老上咱家去，我……我俩就，就那啥了。

啥？你是不是糊涂了呀？往脑袋上扣屎盆子的话可不好瞎编呀！

唉！我说的全是真的呀。他爹，我，我对不住你呀——我寻思呀，等我走了以后，你就再找一个伴儿，啊？别想我——我不值得你想，你再找一个，我，我也就能闭上眼睛了。

张春花说着，抽泣起来，伸手抓过被子，蒙住了眼睛。

李守仁像尊泥菩萨，坐在那一动不动。他只觉得自个儿的脑袋像箩筐那么大。奶奶的！戴了三十多年绿帽子，自个儿还蒙在鼓里呢。他真想伸手把老婆揪起来扔到地上，再踹上两脚，可她都病成这样了——对，找王秃子算账去！奶奶的，短命鬼，死好几年了，王秃子的骨头都快烂没了。

李守仁走出病房。走廊上的人好像都在看他，看得他心里直发毛。难道他们也知道自个儿戴了绿帽子？他抬手摸了摸脑袋，光光的，没戴帽子。李守仁一头钻进厕所，里面没人。他伸出双手，照自个儿的脸左右开弓，狠狠地扇了一通耳光。

脸上麻麻的，好像有几百只小虫子上上下下地爬，他打开水龙头，水哗哗地喷出来。他捧着水，噼里扑通地洗脸，好像有什么脏东西粘到了脸上似的。

脸上的虫子不爬了，李守仁这才叹了口气，一步一步地挪回病房，只见几个穿白大褂的人围在老伴儿的病床前。

白大褂走后，张春花一骨碌爬起来，说老头子，我没事儿，不是绝症！

李守仁还在想脑袋上的帽子呢，见老伴儿像刚刚抽了大烟似的，讪讪地说，没事儿就好，没事儿就好。

张春花端详了李守仁好一会儿，说他爹，那啥，我想跟你说个事儿。

说事儿？有啥事儿你就说呗。

那啥，我对不住你——

别说了！李守仁大吼一声，低下了头。

那啥，我，我从来没跟你撒过谎，可是刚才，刚才我……我撒了谎。

撒谎？李守仁以为张春花还有什么事儿瞒着他，抬起头瞪着张春花，等着听她说什么。

那啥，我寻思怕我走了以后你想我，我就，就撒谎说我跟过别人……你，你可别当真呀，啊？

李守仁愣愣地看着张春花，又成了一尊泥菩萨。

信任无价

老同学大吴上门找我喝酒，我感到很意外。自从他买断工龄后，就整天苦着脸。也难怪，大学毕业的他，下岗后竟干起了家电维修的行当。他刚下岗那阵子，每次在小区听到他的喊声，我都会心里一动。“修理家电——擦修排烟罩儿——擦玻璃……”看见他推一辆自行车，挂着个沉甸甸的工具袋，我的心里酸酸的。

两杯酒下肚，大吴的话匣子打开了：“作家，”他总是这样叫我，“知道我今天为什么这么高兴吗?”见我一脸疑惑，他点燃一支烟，有板有眼地说开了。

前些天，大吴到一户人家去擦抽油烟机。这家只有女主人一个人在家。本来那天女主人是不上班的，所以才喊他上楼干活儿。大吴一见女主人，他心里就有了底，人家说话很讲究，不像有的主人，怎么怎么擦，擦不干净了如何如何。谁知，刚拆卸完，主人家的电话响了。女主人接完电话说，真不巧，我得到医院去一趟，有个急诊。大吴这才知道女主人是位外科医生。他摊开油乎乎的双手无奈地说，那我先装上吧。女主人问擦完了？大吴说，还没擦呢。女主人边穿衣服边说，那怎么要装上呀？你擦你的，擦完我要是不回来，你就把门给我锁好。说着，把二十元钱放到灶台上。这是给你的工钱，收好。

女主人说完就走出房门。大吴愣了好半天，干这行两年多了，头一回遇到这样的主人，这是多大的信任呀！大吴说，那个排烟罩他擦得格外精心。擦完装好，女主人还没回来。大吴又把厨房里的炊具、灶台都擦了一遍，可是，女主人还没回来。他洗净手，拿起那二十元钱，刚要装进腰包，又放下了。他摸出笔，找一张纸，写上“谢谢信任”四个字，并把钱放在纸上，一起放到茶桌上，然后锁好房门，下楼了。

如果事情到此就结束，大吴也不会这样兴奋。

昨天上午，当大吴又到那个楼院吆喝时，那位女主人打开窗户喊他，叫他等一会儿。女主人下楼后拿出三十元钱，说，这是你的工钱，二十元是擦排烟罩的，另外十元是打扫卫生的。大吴一再推辞，他说，你对我的信任，是多少钱也买不来的，工钱我不要了。女主人说，你是靠力气和技术吃饭的，谁都应该信任你；况且，你总在小区里转，虽然叫不上你的名字，但我早就认识你了……大吴当时感动得差点落下泪来。大吴说："作家，今天的酒你可不能白喝，你得给我写写，行吗?"

"行行行！你这么信任我，我还能说不行?"我也被感动了。

"信任无价呀!"大吴笑着说。

两只酒杯轻轻地碰在一起，发出悦耳的响声。

接电话

堂堂七尺男儿，竟阴差阳错地学了“文秘”。也许我天生不是做文秘的料，毕业不到两年，已经换了三个单位。

那年刚毕业，我就被一家国企录用了。单位不大，条件也比较简陋。我和办公室主任在一间办公室办公，两张办公桌合二为一，我和主任相向而坐。

接电话是办公室一项主要的日常工作。每每电话铃声响起，我都主动抓起听筒。电话大多是找主任的，我总是很有礼貌地说一句“请您稍等”，然后，毕恭毕敬地把电话递给主任，并轻声说：“您的电话。”如果需要记录或传呼，我就一一做好，从不用主任分心。

本以为这样做主任会很满意的，可是，有一天，我无意间听到了主任和经理的谈话，如一瓢冷水当头浇下来。

主任说：“这个小刘儿太不懂规矩——一来电话他就抢着接……”

“要不，先让他到车间干一段儿吧。”这是经理的声音。

得，我闪！

来到第二个单位，我还是做文秘。不同的是，虽然我还是和主任“合署”办公，但办公桌是“分设”的，电话机放在门口儿单设的电话桌上。吸取以前的教训，电话铃声再响时，我就像没听见一样，只管埋头做我的事。每次来电话，都是主任接听。

没想到，试用期还没满，主任就找我谈了话。他说我不适合做办公室工作，理由是：工作不主动，连接电话这样的小事还得主任来做……

现在，我到了第三个单位，继续做我的文秘。上班第一天，我偷偷地看着主任，心里七上八下的。

“丁零——”电话铃响了！我接，还是不接？

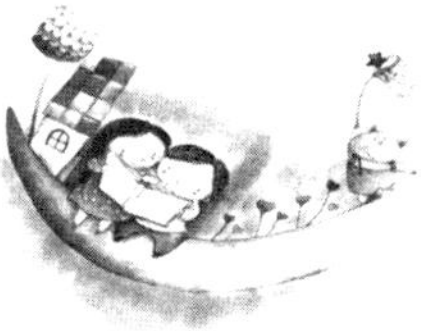

谁让你不磕头了

李长贵不孝！李老太太过世后，山东刘村的人都这么说。

耳听为虚，眼见为实，敢情李长贵这个孝子是冒牌货。

刚开始，大哥李长富听到议论还向村邻解释：不是长贵不孝，是他不懂咱这些个规矩。大哥还说，长贵以前光寻思念书了，在外面的时间太久了……不能怪他。

谁会听李长富的解释呢！家丑不可外扬，这是明摆着的。有人私下议论，说李长富对李长贵也有意见，只是不好对外人说罢了。你想，有这样不孝的弟弟，说没意见谁信哪！给老妈烧完“七七”后，李长富再也不解释了——弟弟打了他的脸，也打了李家祖上的脸。

“山东刘”地处松辽平原中部，是个远近闻名的百年老村。上个世纪初，山东济南府刘家庄的刘氏三兄弟闯关东来到这里，山东刘村便由此得名。这里民风淳朴，敬老、祭祖格外受村民的重视。当下广为倡导的“厚养薄葬”在山东刘村是打了折扣的，“厚养”没得说，“薄葬”却是绝对行不通的，村民尤其讲究“厚葬”。哪家的老人“没了”，必定要守灵三天，报庙、入殓、开光、下葬、送盘缠……一样都不能少，而且要请鼓乐班，吹吹打打，大吃大喝。好像不这样就不能彰显儿女的孝心，不这样就对不起故人。

李老太太是七十岁那年病倒的。那天早上，李长富两口子见老妈起不来炕了，就给李长贵打电话。李长贵是用小汽车把老妈送进医院的。李老太太在县医院住了七七四十九天，钱花去两三万也没站起来。原来是半拉身子不好使，出院后，整个身子全不会动弹了。那时候，李长贵还是副局长，正要往上“奔步儿”，一天到晚忙得什么似的。长贵媳妇在县城一所中学教书，更是“瞎子不叫瞎子——盲（忙）人儿”。在医院陪护的活儿，全交给了李长富两口子。

李老太太的病虽然没治好，但村里人都看明白了：老李家这哥儿俩是一对孝子。尤其是老二李长贵，给老妈治病真舍得花钱。老妈出院后，李长贵三天两头儿往回跑，米呀，面呀，豆油呀，什么都往家倒腾，赶上年节，鸡鱼肉蛋、鲜菜水果，一箱一箱的。村邻们好生羡慕。

看看人家李长贵，多孝顺！

就是，还得说是念过大书的人，啧啧……

一些上了年纪的，就不仅仅是赞叹了，还会在心里跟自个儿的儿女比。哪里比得上呀！人家李长贵是大学毕业，现如今在城里当上了局长，敢情！

李老太太一躺就是三年，县城到村里那条砂石路都让李长贵的小汽车给轧平了。村里一些年轻的爹妈教育孩子时都愿意拿李长贵说事儿：好好念书吧，赶明儿考上大学，也像李长贵似的，多好！

那些日子，李长富两口子屋里屋外伺候老妈的辛苦，好像全被李长贵的孝顺给掩盖了，很少有人提起了。要不是发送李老太太时李长贵露了馅儿，大伙还蒙在鼓里呢。

安葬完李老太太，李家大摆宴席，答谢帮忙的乡亲。酒席很丰盛，烧鸡、鲤鱼、白酒、啤酒，还有几样只有在城里大酒店才能吃到的菜，都是李长贵从县城拉回来的。酒好，菜好，打墓的、抬杠子的、拿花圈的，谁也没啥说的，岔头儿出在敬酒上。

敬酒时，大哥李长富进屋就跪在地上，连磕三个响头，可李长贵却站在旁边来个“三鞠躬”！磕头是给故去的老人“免罪”，你李长贵咋还来个“狗长犄角——羊（洋）式儿”呢？再说了，三天下来，老大磕头无数，膝盖都硌肿了，你李长贵连一个头也不磕，哪有这样的孝子！

坐在炕头儿那张桌上的九大爷脸上挂不住了。炕上地下好几桌子人，都把目光射向李长贵。李长贵清了下嗓子说，感谢父老乡亲，家母病故，让各位受累了……“屁话！不磕头这酒还怎么喝？”大伙都疑惑地望着九大爷。

九大爷咳嗽一声，说长贵呀，你得磕头啊，这是给你妈免罪呀。李长贵看一眼九大爷，红着眼睛说，我在坟前磕过了，再说，我妈年轻守寡，操劳了一辈子，哪来的罪呀！说完，抹着眼泪出去了。

屋里的人，尤其是像九大爷这样的长辈，哪家的红白事儿没经过，还头一回遇到李长贵这样的孝子！九大爷叹了口气，大声说：喝酒！九大爷发话了，别人咋好多嘴？何况还有李长富两口子的面子呢。嘴上不说，可大伙的心里却回过味儿来了：啥也别说了，李长贵不孝！要真说孝顺，还得是人家老大两口子。李老太太在炕上躺了三年，是谁炕上炕下饮水喂饭？是谁屋里屋外端屎倒尿？李长富呗！他李长贵花俩钱儿不假，可他是花钱走干道儿，出钱不出力。

最叫村里人看不起的是，老妈烧“七七”那天，李长贵事先说得妥妥的，可到时候竟没回来，说县里“抗洪”，忙。响晴响晴的天儿，又没下雨，抗的哪门子洪！

你说，李长贵这不是打老祖宗的脸吗？

现在，山东刘村的人都不愿意再提李长贵，偶尔说起，就会有人叹息：李长贵这书是白念了，还局长呢，狗屁！

狗剩儿

狗剩儿命苦。

狗剩儿打落地儿便没见着爹是啥模样。听娘说，爹是得痨病死的。狗剩儿四岁那年，娘给他找个后爹。娘说后爹心眼儿好，憨厚。

狗剩儿七岁依旧是根儿独苗，娘把他看成是心尖尖儿肺叶叶儿肝花花儿，后爹更是拿他当个宝儿。狗剩儿长得又瘦又小，不爱言语。后爹说他有心劲儿，让他念书。后爹送他翻过一座山趟过一条河，到山外学校去上学。狗剩儿嫌道远，没念上半年就退了学。闲着无聊，他便跟后爹下田干活。

那年冬天，狗剩儿在泡子上溜冰摔了一跤，跌伤了腿，他哭喊着跑回家。后爹见了很是心疼，边为他包扎伤口边说："好孩子，快别哭！你是小子不是丫头……一把鼻涕一把泪的让人家笑话！"

打那狗剩儿才知道：自己是小子，得皮实些。

狗剩儿过了第十五个生日，个头儿长了，但依旧瘦。

春天种地忙。狗剩儿起早贪黑跟后爹一样干，从不歇工。后爹夸他是个男子汉，村里人说他是个能吃苦的棒劳力。

一天薅草回来，狗剩儿独自蹲在小溪旁洗手。他觉得浑身像散了架，没有一点儿力气。他支撑着站起来，眼前直冒金星。狗剩儿掀起衣角擦擦手，长长地吁口气，望着溪水中自己那瘦弱扭曲的倒影，他的视线模糊了……他恨自己，恨自己是个小子，恨自己是个男子汉。

秋收活儿累，狗剩儿咬牙挺着干。

一次在地里割稻子，狗剩儿落了后。他拼命向前赶，被镰刀割破了手，血止不住地流，疼极了。狗剩儿忍着痛，没掉一滴泪。他知道，男子汉是不能掉泪的。后爹知道后，说他有出息，夸他了不起，叫他"男子汉大丈夫。"听得狗剩儿"嘿嘿"乐，竟乐得忘了刀口疼。

狗剩儿常常感到右肋下闷闷的，酸酸的，说不清啥滋味儿。每天收工回来，后背总是酸胀胀的，人也越来越瘦。

一天，山外来个卖药的。狗剩儿说他腰疼，想跟娘要钱买点儿药吃。

娘嗔他："七十二岁才长腰芽儿，你狗大的年纪哪来的腰?"

后爹说："男子汉大丈夫有点儿病一挺就过去，吃的哪门子药？要是落个'药篓子'外号，赶明儿连媳妇都难讨……"

打那，狗剩儿从不提哪儿疼。他知道娘和后爹是为他好，他信他们的话，他能挺。

第二年秋天，狗剩儿打蔫了。他脸色蜡黄，常常呕吐，饭也吃得越来越少。

没过多久，狗剩儿死了。

有人说狗剩儿临死时哭了，流了许多泪。还有人说，狗剩儿死前只说一句"我是男子汉"。

狗剩儿死了。后爹好难过，后爹的眼睛都哭红了。娘也大哭了一场，娘边哭边安慰后爹说："是儿不死，是财不散。狗剩儿随他爹，天生的短命鬼儿……"

无　题

他万分懊悔。

车一到站，他忙跳下，悻悻地往家走。

今早要是早起两分钟，要是少吃两口饭，要是不去那趟厕所，头趟车肯定会赶上的，他想。司机真是缺了八辈子大德，不得好死，他心里咒骂着。明知这“憋死牛儿”的地方一天就早晨两趟车去城里，明明能看见后面有人跑着追车，干吗急着开跑？要是赶上头趟车，没准儿不会出这事。

今早他进城为念中学的女儿买复读机。死丫崽子非说要学啥英语，这回倒好，幸亏兜里揣点儿零钱，要不连家都回不了。

他记得很清楚：汽车过铁道口时钱包还在呢，可下了车就没了——他恨自己太傻没经验，不该在车上摸那钱包；他恨警察太怂没胆量，抓住小偷就该剁手指；他恨头趟车司机太损没良心……要是坐上头趟车还会遇上小偷？肯定不会。

他步履沉重地挪进自家大门。

他不敢再向前迈步。他知道那五百块钱意味着什么。五百块，对他这样的家庭来说是多大的数字呀！他知道，这钱是他和老婆水一把泥一把风吹日晒汗珠子掉地摔八瓣儿从地垄沟里挣来的。老婆连点儿雪花膏都舍不得买，一分钱得掰成两半儿花。五百块丢了——咋跟她说？

她知道会气疯？会寻死？但愿不会，大哭大闹一场是免不了的。唉！谁让自个儿不争气来着。想到这儿，他将心一横，快走几步跨进屋门。

他惊呆了：屋内，炕沿上，女儿扶着妈妈，一对泪人！

“爸！爸回来啦！”女儿满脸泪痕，连声惊叫。

“啊？你……”老婆面容憔悴，既惊又喜。

原来，两小时前家里得到消息，说今早由本地开往城里的头班车在进城时撞了火车，车上的人全部丧生……

“真的?”

“真的!”

他说他今早多睡两分钟多吃两口饭又上趟厕所没赶上头趟车。老婆说多亏你没赶上头趟车要不你就没命了。他说他太混太傻太没经验把给女儿买复读机的钱给弄丢了。老婆说你人活着回来比啥都强这叫破财免灾。

“破财免灾？破财免灾……”他笑笑。

“真是老天爷有眼，钱算啥？人在，再挣。”老婆也笑笑。

“打酒去!”他说女儿。

“我做菜!”老婆说自己。

两口子说着，笑着，忙活着，只有上了中学的女儿站在一旁，愣愣地看着他们。

老哥儿俩

麻处长离休了。

离休了的麻处长脸上再也找不到一丝笑容。

这回轮到孙局长劝他了。孙局长是过来人了嘛，说话就多了一些底气。

孙局长说：我那年退下来，不比你上火？五十开——说开就把我给开下来了。那时，你不劝过我吗？

孙局长又说：退了好，想干点儿啥就干点儿啥，无官一身轻，多好！

孙局长还说：你看我现在，孙局长端起茶杯嘬一口茶接着说，养鱼、遛鸟、打太极拳……优哉游哉。

孙局长还要说什么，看见麻处长眼睛盯着茶几上的“富贵竹”发呆，就停下话头儿，抬脸望着麻处长。

麻处长叹了口气，这才开始倒肚子里的苦水。

麻处长说，我刚退下来才几天？里里外外的人就都变了样。那天，我去单位，碰见了老马。老马知道吧？就是基建二处的，副职。那回，跟我要工程，非说是一家子，他说“马”就是“麻”，“麻”就是“马”，跟我屁股后喊我大叔。这回见到我你猜怎么着？脸冷得能挤出凉水来——我哪点儿对不住他啦？

麻处长摇了摇头，可能是觉得说走了嘴，赶紧换话题——小梅还好吧？

还好，就是忙。提起小梅，孙局长的脸上绽开了花儿。

你……大红子现在……孙局长欲言又止。

别提她，提她我心里犯堵。麻处长沉下脸，接着说，那天我到单位，在走廊正好撞见她，她连眼皮都没抬——这女人！麻处长又摇了摇头。

同感！孙局长说，我原来那个不也是吗？我刚一退，她就投奔新局长去了。结果，人家没理她——我给她安排的副主任也不算数了。她还有脸找我，让我给她说说。我说啥？不在其位，不谋其政。听我这么说，她一跺脚，走了，再也没露面儿。

你是说小丽？麻处长问。我还以为是你不要人家了呢。

哪呀？孙局长叹了口气说，这女人，唉——你知道我当初是怎么转过弯儿来的吗？

“怎么转的？”麻处长显然对这个话题很感兴趣。

“我看了一篇寓言故事。”

“故事？就是小孩子看的那种？”麻处长认真地问。

“老头子看了照样受教育。”孙局长笑说着。说完，就开始给麻处长讲他看到的故事：

说是有一只四处流浪的老鼠，后来在佛塔上安了家。它真是太自由了，它既可以在各层之间随意上下，又可以尽情享受人们送来的各种供品。就连人们不敢正视的佛像，它也可以自由攀越，它还可以在佛像的身上拉屎撒尿。每当看见香客磕头时，它就哑然失笑：看哪，他们又给我下跪啦！

有一天，一只野猫闯了进来，蹿上佛塔就将老鼠摁在爪下。

“你不能动我！连人类都得给我下跪……”老鼠大声叫喊。

“人类向你跪拜，是因为你的位置，不是因为你。”野猫说着，就把老鼠吃掉了。

完啦？麻处长问。

完了。

好啊！深刻，深刻呀！麻处长慨叹道。

出去换换空气？孙局长试探着问。

去哪？

钓鱼怎么样？你有好长时间没钓鱼了吧？

好啊！我给小王打个电话，让他来接咱俩。麻处长说着，就抓起电话。

“小王吧？你来我家接我，我要到水库去……什么？忙着呢？明天？我现在就要去！”麻处长把电话摔在话机上，骂道：“兔崽子，跟我打起官腔儿了……”

“算了，”孙局长说，“咱俩到公园鱼池钓吧，才两块钱，想钓多久钓多久。”

“不钓鱼了，打麻将！”

“好，打麻将去！”

走出家门，老哥儿俩一前一后，向老干部活动中心走去。

走 眼

瘸七爷在山东刘村说话“占地方”跟他是残疾人无关，那年月也没有“保护残疾人”这一说。瘸七爷受大伙儿尊重，是因为他有一副菩萨心肠。

别看那时候没有手机没有电话，但谁家要是有个大事小情儿，用不着敲锣，也用不着打鼓，不出两个时辰，全屯子的人就都知道了。每到这时候，老亲少友就都得张罗在前边。别看瘸七爷光棍儿一人儿，和谁也不沾亲带故，但谁家有事儿他都早早到场。不管是刮风还是下雨，他都拄着“丁”字拐，一拐一拐地赶来，能伸手就伸手；伸不上手，就支支嘴儿；用不着支嘴儿，他就站在一旁看着。站脚儿助威不也得有人儿嘛。何况瘸七爷眼睛里有活儿，手也勤快，总也闲不着。

谁家苫个房墁个墙啦，哪家搭个鸡架盖个猪圈啦，尤其是办个红白喜事儿啥的，少了瘸七爷还行？

那时，山东刘村方圆百里，八个生产队连一个诊所都没有。好在那时候的人也皮实，有个头疼脑热感冒发烧的，一挺就过去了。要是在屯子里见到谁打上吊瓶了，那可能就离死不远了。就是要死的重病号，也很少有人打吊瓶。

哪家老人病重了，估摸快不行了，就跑去请瘸七爷。其实，瘸七爷既不会看病，更不会治病，但他能看出要紧不要紧来。他要是说不行了，主家就得赶紧操办后事，不出三天，病人准保咽气儿。也有些孝顺的儿女，怕老人死，不到万不得已时不去请瘸七爷，实在不行了，才硬着头皮去请瘸七爷。瘸七爷一拐一拐地拐进院儿，进屋后，把“丁”字拐靠墙放好，上炕，坐到病人旁边。要是冬天，先暖暖手，再拉过病人的手，摸摸脉；要是男的，摸完了脉再看脚，左脚捏捏，右脚捏捏；要是女的，不用看脚，往脸上看，边看边往脑门子上摁。看一看、捏一捏、摁一摁，心里就有数了。

瘸七爷从来不当病人的面儿说“行不行”，这是规矩。做儿女的也不问。个别不懂规矩的急性子，也问：七爷，咋样？孝顺的，着急，生怕老人死；不孝顺的，也着急，盼着老人早点儿死。不管是出于什么想法，问了也是白问。瘸七爷不说话，慢慢地下炕，再拿起“丁”字拐，一拐一拐地上另一个屋子或来到外屋地。说没事儿，死不了；或者说，不行了，准备装老衣裳吧。轻描淡写一句话，就下了结论。有人品过，说瘸七爷从来没有走眼的时候，他说“没事儿”的，起码还能活两个月，活三年五载的也不在少数；瘸七爷要是说“麻溜操办吧”，那也就是几个时辰的活头儿。

那年夏天，红卫兵走村串屯“斗地主”。那可是真刀真枪，不像现在用扑克玩儿的“斗地主”，闹不好是要出人命的。山东刘村也有一个被斗的指标。土改时，冯老三家有一挂马车，两匹马，他家的地也多。“四清”时，地没收了，车马也归了公，但冯老三家的户口本却写上了“地主”两个字。就凭这两个字，不斗他斗谁？

西边那个村子有个地主在批斗会上被打死了。信儿传到山东刘村时，冯老三吓得不敢出屋。有人出主意，让他跑。冯老三说他一没杀人，二没放火，三没剥削别人，不怕。嘴上说不怕，脸却变了色。

大伙儿心里明镜似的，冯老三户口本上是“地主”不假，他爹雇过工也是真的，可是人家不管长工短工，一样看待，吃是吃，喝是喝，说人家剥削贫下中农，那是没影儿的事儿。但“运动”来了，谁心里都没底儿，好多平时有来往的也都躲得远远的，划清界限嘛，怕受牵连。

瘸七爷不怕。

红卫兵进村那天早上，天没亮瘸七爷就去了冯老三家。冯老三家的大丫头头没梳脸没洗，一大早就哭哭咧咧地跑到邻居家报信儿，说她爹不行了。

没听说有病，咋说不行就不行了呢？

左邻右舍都赶过来，挤了满屋子人。一看瘸七爷阴沉着脸，大伙儿心里就明白了。操办后事吧，扯孝布的，印纸钱的，连打棺材的木匠也被请来了。

傍晌午，几个戴红卫兵袖标的站在院儿里喊口号：“打倒狗地主！打倒冯老三！毛主席万岁！”领头儿的还说，要给冯老三踏上一万只脚，叫他永世不得翻身。

瘸七爷火了：死人也要批斗？不怕伤天害理遭报应？

一个红卫兵小将推开瘸七爷，挤挤插插钻进屋，要上炕拽冯老三。瘸七爷三步两步蹿进屋，一屁股坐在炕沿上，护住冯老三，举起“丁”字拐，虎着眼骂：“小兔崽子！反了你——我是贫雇农，我看谁敢动？我打折他的腿！”

几个小将一合计，既然这个瘸子看得准，既然狗地主快要死了，那就到别的村子斗吧。

第二天，“最高指示”下来了：要文斗，不要武斗。

冯老三逃过一劫。

运动一过，冯老三该干啥干啥，啥事儿没有。有人说是瘸七爷救了冯老三的命。

瘸七爷却说：“操！我救他？我是看走眼了。”

瘸七爷放羊

瘸七爷年纪越来越大，看病跑不动了，就开始放羊。

那年，眼看五月节了，全屯子人都盼着生产队能伤个牛或死个马什么的，哪怕一家分半斤肉，也能解解馋呀！

牛瘦瘦的，一个没伤；马蔫蔫的，一个没死，都他妈活得好好的！

队长发话了："把那只老绵羊宰了吧，一家怎么也能分上二两肉。"

"敢？"瘸七爷急了，"谁要宰老绵羊我日他娘！"瘸七爷悠着一条短腿，在生产队当院转着圈儿骂。

"老绵羊是你们家的老祖宗，吃它肉，伤天不伤天？"瘸七爷还转圈，还骂。

有人小声议论："老绵羊快老死了，都好几年不下羔了……"

"没这只老绵羊，你们家的羊从哪来？石头缝里能蹦出来呀？"瘸七爷用拐杖敲着地，"龟孙子，馋疯啦！"

瘸七爷爱羊胜过爱自己。

每天放羊回来，各家的羊回各家。淡（喂盐）、加料（喂豆饼或苞米面），谁家的羊谁家管。生产队的，瘸七爷负责。

每次加料，瘸七爷都偏向那只老绵羊。

有人开玩笑："七爷，让老绵羊给你当老伴儿吧？"

"放你妈的罗圈儿屁！"瘸七爷骂，但不恼。

喂完，还得给长癞的羊上药。药是自制的，配方有两种：一种是用黄烟梗子泡水，加"六六粉"；另一种是用废机油。

瘸七爷端来药盆，瘸腿一偏，夹住羊头，用苞米瓢子蘸上药水，找到脱毛的地方，一点一点上，上完一处，用手揉一揉，再上另一处。

二十几只羊上一遍，没个把时辰完不了活儿。瘸七爷不急，一只一只，上得极仔细。

遇上雨天，羊就得圈在圈里。不放羊，瘸七爷没着没落的。中午，瘸七爷给圈里的羊扔几捆干草，看着羊将草吃光，就打开圈门，将老绵羊牵出。老绵羊颠颠地跑在前面，害得瘸七爷一拐一拐紧紧地跟着。

只要是老绵羊能吃的，家里有什么，瘸七爷就给它什么。吃饱了，老绵羊就眯起眼，趴在瘸七爷灶房的柴火堆上。

“你老喽……”瘸七爷坐在老绵羊旁边，抚摸着老绵羊的毛说。老绵羊“咩”地叫一声，伸出舌头舔瘸七爷的手。

“我也老啦——”瘸七爷慨叹着。老绵羊又“咩”地叫一声。

“你老了还留下一大堆子孙，我可不如你哟！”老绵羊“咩咩”地叫着，不停地舔瘸七爷的手。这时，淡淡的忧伤便在屋子里弥漫开来。

老绵羊要是不死，瘸七爷还能放羊。瘸七爷死后，屯子里的人都这么说。

就在那年冬天，好几年不下羔的老绵羊居然要下羔了。

羊圈外围了好多人。

“去去去！女人生孩子没见过，羊下羔还没见过？”队长吆喝。

“看看能下出个羊来，还是下出个小人儿来！”有人喊了一嗓子。

背地里议论了几个月的“私话”，竟大张旗鼓地捅破了。

“这瘸子，跟羊干那事儿……”

“真的咋的？”

“一会儿就知道啦……”

不少人在议论，说得有鼻子有眼的。

老绵羊难产。

“这瘸子，造孽哟！”

“看把他急得，要当爹啦！”

羊羔虽然生下来了，但老绵羊再也没站起来。

人们看得清清楚楚：老绵羊下的是一只纯正的绵羊羔！

“不行了，扒了吧。”队长吩咐屠夫老赵。

“不行！”瘸七爷大喊，“埋，谁也别想吃它的肉！”

“扒！我是队长——那年过五月节你不让宰，我依了你，今天可听不得你的啦！”队长不屑地白了瘸七爷一眼。

老赵手握尖刀，一帮人七手八脚地忙活开了。

“我日他八辈儿祖宗！”瘸七爷扔掉拐杖，腾出一双大手，“啪啪”，打了自己两个耳光，“我的羊哎——”随着一声呼喊，瘸七爷瘫坐在雪地上。

大人、孩子们只顾围着剥了皮的老绵羊看热闹，还有人挤出人群乐颠颠地跑回家拿来饭盆，等着分肉。

瘸七爷摸索着抓起“丁”字拐杖，吃力地爬起来，一拐一拐地往家走，泪水打湿了路面……

最先发现瘸七爷死了的，是生产队长。

“我说今儿咋没来放羊呢，敢情死在炕上了。”队长站在生产队当院，高声大嗓地对来上工的人报告着瘸七爷的死讯。

人到齐了，队长安排几个壮劳力，用炕席将瘸七爷卷起来，又捆了两道草绳，抬上马车，拉到山坡上。刨个墓穴，将瘸七爷埋了。

张会计用铁锹拍拍坟头，叹了口气说：“瘸子，好人哪！”

转年开春儿，羊儿还在山坡上吃草，吃饱了，就趴在瘸七爷的坟前倒嚼。

放羊的后生说：这些羊都是那只老绵羊的后代。

瘸七爷扎彩

扎彩就是为死人扎制纸活儿，什么摇钱树呀，聚宝盆呀，纸牛纸马什么的。瘸七爷除了会劁猪，还会扎彩的手艺。

在我们屯子，会这手艺的只有瘸七爷。瘸七爷光棍儿一人，无牵无挂，用他自己的话说，就是“一人吃饱，全家不饿”。

说不清是谁留下的习俗，直到现在，我们屯子仍有些人坚信：人死了，灵魂就到阴间去了，那边儿什么都没有，吃、穿、住、用，一切消费都得靠活着的人提供，而且那边儿的人是不会辨别真伪的，也许是过“奈何桥”时喝了“孟婆汤”的缘故吧，不管是纸糊的，还是笔画的，烧了送上，全能当真的物件使用。

瘸七爷在世时，谁家死了人，不分男女，无论长幼，都要请他给扎彩。早些年，除了扎房屋、聚宝盆、摇钱树、金山银山外，主要是扎些丫鬟使女、锅碗瓢盆、鸡鸭鹅狗什么的。

瘸七爷扎的房屋和真的一样。那时没有数码相机，连传统的照相机也不多见，要是现在，把瘸七爷扎的房屋拍下来，发到互联网上，恐怕没谁能看出是用秸秆和纸扎制的，点击率一定低不了。

瘸七爷的手艺相当了得。他扎的房屋多是三间砖瓦房。那时候，屯子里的人认为“三间大瓦房”就是最大的住宅了。三间大瓦房亮亮堂堂，院外是用红砖砌的院墙，大铁门刷着黑色的油漆。门拉手是黄铜的，一扇门上一个，悠悠地悬着，虽不动，看上去却是“活”的一般。门外，牛童牵着一头白牛。据说，这头牛不是用来耕田载物的，而是专门用来“喝脏水”的。大约阴间没有下水道之类的设施，而且不允许排放污水，所以只好让老牛来喝脏水，也不知道这牛喝了以后会不会再排泄出来。院里有几只鸡，一般是一公两母，在静静地啄食。鸭、鹅则一律趴着，也有站着的，但一动不动，也不叫，好像怕惊动了主人似的。大黄狗蹲坐在房门外，吐着猩红的舌头，机警地坚守着自己的岗位。

丫鬟使女的人数得根据丧主的要求定，少则一位，多则三五位不等，一律是俊俏的女孩儿。为了主人使唤方便，两位以上的使女是要取名字的，名字大多写在后背上，小芬、小芳、小红、小燕，叫什么都成，颇有几分现今夜总会小姐名字的味道，不用考虑姓氏，只是个代号而已，不过也有规矩，不能和认识的活人重名。

瘸七爷扎彩不开价儿，全凭丧主赏。给多了，多拿；给少了，少拿。屯子里有个说法：不花钱的纸活儿，不管用。就是说，如果不给钱，那些扎的东西烧了也是白烧，到那边不管用，所以，没有不给钱的。何况，瘸七爷做的是手艺活儿，辛苦不说，纸呀，墨呀，糨糊呀，哪样不得花钱?

前些年，瘸七爷年岁大了，眼神儿上不去了。屯子里有几个后生想跟他学扎彩的手艺，可他不收徒。

在这些想学艺的后生中，二柱子是最积极的一个。二柱子头脑活泛，我出去打工那年，想拉他一起去，可他说吃不了那份儿苦，就一直在家种地。瘸七爷爱喝几口，二柱子就投其所好，经常给瘸七爷买酒。喝酒归喝酒，可瘸七爷就是不教他扎彩。二柱子不死心，隔三差五就到瘸七爷家“串门儿”，想偷艺。瘸七爷见二柱子来了，就把活儿收起来，卷根儿喇叭筒，“吧嗒吧嗒”地抽烟，闭口不提扎彩的事儿。

我爹妈去世时，也是瘸七爷给扎的彩。直到现在，我还记得瘸七爷给我妈扎的丫鬟的模样呢。当时，我姐哭着求瘸七爷，说我妈刚强一辈子了，老人不喜欢丑丫头，嘱咐瘸七爷上上心，给扎个“俊儿”丫鬟。瘸七爷答应了，扎时就格外用心，那个丫鬟果然是个美女。“送”扎活儿时，我姐说，妈肯定能喜欢这个丫鬟，还嘱咐丫鬟要听话，好好伺候我妈。

那年清明节我回老家祭祖时，才知道瘸七爷去世了。给父母上坟时，我顺便到瘸七爷坟前烧了些纸钱。虽说瘸七爷没儿没女，可坟前的纸灰却不少。我问二柱子，瘸七爷死时，有人给扎彩吗？二柱子说，老头子谁也不教，想给他扎也没人会呀。

听了二柱子的话，我的心里空落落的。瘸七爷为别人扎彩一辈子，自己老了那天，却连个“陪葬的”都没有。后来，二柱子无意中的一句话，却让我释然了。

二柱子说：瘸七爷对他说过，那些东西啥用没有，全是骗人的。

金融危机下的土屋枝子

土屋枝子是我们入住的一家位于伊豆的民宿的“房东”。

土屋枝子看上去六十多岁，身材瘦小，但很硬朗，很健谈。在我们这三个中国房客中，她最喜欢和我交谈，可能是因为我口语更好些的缘故。每次和我说话，土屋枝子总是叫我一声“刘桑”，相当于我们汉语中的“刘先生”，我理解为“小刘”或是“小刘啊”，很亲切。土屋枝子有个口头语——欧巴桑。日本人很少称自己“桑”，也有例外，要么是老年人，要么是轻狂高傲的人，土屋枝子显然属于前者。土屋枝子总是习惯称自己“欧巴桑”，三个音节连在一起，“巴”的音节稍稍拉长些，意思就好比我们中国的老大妈自称“本老太太”，语气中既有长者的自尊，也充满了自信和自豪。

土屋枝子是有自豪的资本的。她不仅一个人打理设有十多间客房的民宿（相当于国内的私人旅店，条件很好），还养了一群欢蹦乱跳的鸡。土屋枝子可以称得上是养殖专家，她把那群鸡调理得异常勤奋，每天不到中午，一个个就像比赛似的，“咯咯答咯咯答”的叫声此起彼伏，产蛋率很高。个别干劲儿不足的，就会被淘汰掉。那些淘汰下来的鸡被土屋枝子送到山上，放生。这可能是日本人的习惯，自己养的家禽一般是不宰杀的；土屋枝子喜欢吃鸡，但她总是去超市买宰杀现成的。

我问过土屋枝子，山上没有别的动物吗？

她说有。

那（鸡）不会被其他动物吃掉吗？

土屋枝子笑看着我，好像没听明白，不说话。过了一会儿，她说，刘桑，你们如果喜欢吃鸡，可以送给你，但是你得自己做。

我当然求之不得了。

从那以后，土屋枝子每个星期都送给我们一只淘汰下来的鸡。我们炖鸡吃时，她就可以不管荤菜了，做好米饭再做一盘凉拌菜就行了。

宰鸡时，土屋枝子是绝对不在场的，我们也有意避开她。刚开始，淘汰的鸡多，吃不完，我就悄悄放到冰箱里。

我随中日合作地质找矿项目组刚到日本伊豆郡时，金融危机还没爆发，至少亚洲还没有受到华尔街风暴的冲击。后来，金融危机愈演愈烈，日本经济衰退，日元贬值，物价上涨。土屋枝子家的民宿只剩我们三个客人了。土屋枝子去超市购物的次数越来越少，她做的饭菜质量也明显下降，就连她养的鸡也极少淘汰了。

那是伊豆今年春天的第一场雨，我和同事利用雨休改善生活。照例是我下厨。我用山菜罐头拌个凉菜，又做了个土豆炖鸡块，鸡，就是冰箱里冷冻的“淘汰鸡”。

开饭前，土屋枝子送来做好的米饭后，没有像往常那样转身离开。老人家站定，给我鞠了一躬，轻声说，刘桑，你的厨艺真好，菜做得多么香呀！我窘在那，一时不知道应该说什么好。土屋枝子接着又说，我（这次她没说“欧巴桑”）想问一下，你做的鸡是从超市买来的吧？

我不知道她为什么这样问，就随口说是的，又客气地说，您来尝尝吧？中国菜很好吃的。我知道土屋枝子做鸡的方法很单一，不是清蒸，就是水煮，有一次她让我品尝她做的鸡，我象征性地吃了一口，没吃出一点儿鸡肉的味道。

土屋枝子听我这么说，脸微微地红了一下，笑着说，如果不是我养的鸡，我是可以吃一点儿的。

我们给老人让了座，一起坐在榻榻米上吃饭。

那天，土屋枝子一直没称自己“桑”，那也是我们到日本后唯一一次同桌吃饭。土屋枝子吃得很开心，边吃边称赞中国菜好吃，拌菜好吃，鸡更好吃。她还喝了两杯清酒。

吃到高兴时，土屋枝子起身跪在榻榻米上，为我们唱了一首日本民谣：广濑河边回忆不会消失/你的眼眸中闪动着光芒/时光会倒流/夏天还会回来……

土屋枝子的歌声把我的思绪拉回到从前，我情不自禁地打着节拍，眼前一片模糊，泪水溢满了双眼。

伤　害

“说！为什么打人?”

二胖不语。泪水滴到手铐上，打湿了手腕，凉凉的。

“刮风下雨不知道，打人犯法还不知道吗?”

二胖仍不语。两眼直直地盯着墙角。

“你已经构成了伤害罪，不交代也照样定你罪——还要罪加一等!”瘦警察一拍桌子，忽地站起来。

二胖还是不语。墙角上一只蜘蛛爬来爬去，让他想起了老家。

二胖把大楞子打伤了的消息在工地上传得沸沸扬扬。

“出门混饭吃多不容易，有啥大不了的?”

“就是就是，犯不着。”

“二胖和大楞子不是老乡吗?”

“可不是咋的，山东人就是倔!”

吃罢晚饭，累了一天的工友们齐整整地躺在大铺上，竟睡意全无。

“是不是他俩都看上食堂的二兰子啦?”

“拉倒吧你，人家二兰子的小孩都满地跑了。”

“大楞子要是死了，二胖就得‘走铜’。”

“别瞎白话，不就是脑袋上破点皮儿吗?”

“切！光住院押金就要五千。”

“谁给交的呀?”

“谁交得起呀？——工头儿也不知躲到哪去了。”

提起工头儿，大伙儿都蔫了。

干了大半年，只管一天三顿大馒头，一分工钱没开过。眼看要过年了，工头儿却整天抓不着影。

没钱，连家都回不去。

二胖和大楞子去年干的那个工地，就没给工钱。一年过去了，现在连工头儿都找不到了。没想到换个工地还这样——为了要工钱，他俩找过好几回，全让工头儿给顶了回来。

“老板要是给了钱，我一分钟不留，立马发给你们!”工头儿高声大嗓，腆着啤酒肚，胖手一摊，满脸的无辜。

前些天，大楞子接到他爹的来信，说他的老娘病重。大楞子急得蹲在地上“呜呜”哭，要不是二胖会劝，大楞子那天的活都干不了。

多好的一对工友啊，又是老乡，咋说翻脸就翻脸了呢?

不管问什么，也不管怎么问，二胖就是不开口。瘦警察做了大半辈子警察，从没见过这样的。警察又不能打人，审不下来，只好先关起来再说。

瘦警察第三次领着助手来到医院时，医生勉强同意会见。医院也希望早点定案，住院费也好有个着落。主治医生嘱咐警察：“病人颅骨骨折，很有可能会落下残疾，千万别让他激动；记住，只能谈十分钟。”

大楞子见医生领着警察进来，想坐起来。医生忙上前制止：“别动别动!”

医生走出病房后，瘦警察轻声问：“请说说事情的经过，好吗?”

大楞子侧着头，打量一下床前的两个警察，两眼的泪水就像比赛似的，追赶着流进太阳穴后面的绷带里。

“放心吧，凶手已经抓起来了。”有着丰富办案经验的瘦警察知道大楞子现在想的是什么，小声安慰道。

做记录的年轻警察忙伸手递过一沓纸巾，让大楞子擦眼泪。

“我要是说了，你们可得给我做主啊……”

“放心吧，一定!”

“要过年了，”大楞子说，“我和二胖商量，想回家过年，可是，他不同意。”

大楞子吃力地抓起纸巾，擦了擦眼泪。

“接着说。”瘦警察和蔼地说。

“我妈病了，我想家……”大楞子把纸巾蒙在眼睛上，咬住嘴唇，身体一抖一抖的。

“别哭别哭，接着说，”瘦警察抬腕看看表，“那他为什么打你?”

“他说，领不到工钱怎么回去呀?要回你自己回去吧，我在这儿等着，啥时候发了工钱我啥时回去。”

“后来呢?”

“我俩就去找工头儿，还上街道找过……没人管。”

“那你俩怎么会打起来呢?”瘦警察皱起了眉头。

“我跟二胖说，不出点儿什么事儿，谁也不能管咱们——咱俩打仗吧!”

“打仗?”瘦警察不解。

“你打我，我跟二胖说，你使劲打，别打死就中。我说，我受了伤，看他给不给工钱。”

“你是说，打仗是你俩商量好的?”瘦警察眼睛瞪得老大。

“不，他不同意。他说他下不了手，我就骂他，骂他是软蛋，是蠢驴，是狗养的。”

“他就打了你?”

“没有。我拿一块红砖塞到他手里，让他打，可他不打——狗熊!笨蛋!缩头乌龟!我骂他，我没你这样的朋友!我气急了，一把抢过那块红砖，使劲向头上砸……”

“是你自己打的?”

“是，后来我就什么都不知道了。”

瘦警察和年轻警察惊呆了。

“警察叔叔，你们能帮我要回工钱吗?……啊?你们说呀!”大楞子一双泪眼瞪得老大老大……

未来的儿媳上门来

强子放暑假要把对象燕楠领回家，这可把德成和淑芬两口子乐坏了。

自打强子大学毕业当了老师，德成和淑芬就盼着儿子能赶快找个对象，好早点儿把家成了。儿子一个人在外面闯荡不容易，成了家，老两口子也就放心了。

未来的儿媳要上门，老两口子刚乐一半儿，就又发起愁来。淑芬说，咱可别让人家挑了理，更不能让咱儿子没面子，要是给人家留下话把儿，以后咱儿子在媳妇面前该抬不起头了。

那天晚上，淑芬做了个梦，梦见燕楠进门后紧皱着眉，气呼呼地拉过强子，说："你家咋这样呀！"淑芬的脸火辣辣的，一着急，醒了，心扑通扑通地跳。她翻来覆去睡不着，怎么也想不起燕楠的模样。唉，长什么样不打紧，要紧的是得把屋子收拾收拾，别让人家挑出毛病来。

第二天，淑芬干完田里的活儿，顾不上喘口气儿，回到家就开始扫房，像过年一样，把屋子的边边角角全都打扫干净。最让她上火的是厨房——看哪都不顺眼。电饭锅还是老式的，乳白色的漆脱了几块皮，难看死了。锅盖上那块污渍怎么也擦不干净。这要是让儿媳妇看见了，会咋想？还不得嫌她这个当妈的懒散？筷笼子怎么放在菜板旁边了！淑芬抬起胳膊，用袖子擦了擦头上的汗水，就埋怨起自个儿来：结婚这些年，儿子都28岁了，筷笼子放在菜板旁边，天天切菜，咋就没看见呢！淑芬把筷子抓出来，一根一根地洗，再把筷笼子拿到水盆里刷干净。放哪呢？淑芬在厨房里转来转去，怎么也找不到合适的地方。她想问问老伴儿，可德成是个甩手掌柜的，这些事从不操心。思来想去，还得放在原来的地方，但不能敞着，那样会进灰尘，不卫生。她回里屋翻出一块纱布，蒙在筷笼子上，这才满意地点了点头。

抬头一看，厨房窗户脏了，窗台上落了一层灰。淑芬打来一盆水，一点一点地擦，把玻璃擦得锃明瓦亮，水儿似的。

擦完玻璃，淑芬的目光又落到电饭锅上，那块污渍实在是没办法擦掉了。她找来德成刮胡子用的刀片，轻轻地刮，污渍没了，可漆也跟着下来了，还不如不刮了呢！看来，只好再买一个新的了。听说阿迪锅好用，就是价钱贵。为了儿子，为了未来的儿媳，花再多的钱也值。淑芬决定：换个电饭锅！

忙出一身汗，回到客厅，淑芬脱去汗衫，一下一下地扇着风。再过些天，儿子回来时天更热，家里连台电风扇都没有，这怎么行？还能让儿媳妇也用汗衫扇风？淑芬决定：买台电风扇！

添置家电可不是小事，淑芬得跟德成商量。

商量啥？买呗！德成满口答应。德成说，想当年你第一次上门，我想买件白衬衫都买不起，我穿的那件上衣是借来的。唉，提咱那前儿干啥，淑芬接着说，强子是咱自个儿生养的，从小在咱这土窝窝里长大，啥说儿没有，可儿媳妇是大城市来的，咱可得小心着点儿。

阿迪锅和电风扇提前一个星期就搬回了家。淑芬捧着说明书琢磨电饭锅的用法。德成看花儿似的，小心翼翼地调试新买来的佛顶山牌落地扇，一会儿拉高，一会儿调低；一会儿强风，一会儿弱风。时不时喊一声老伴儿，看！坐这么远都能吹得着，真凉快！

一切准备停当，只等未来的儿媳上门了。

强子和燕楠在家只待三天。头一天吃完晚饭，两个人儿坐在沙发上看电视，德成把电风扇调到中档风速，对准沙发，看着两个孩子亲昵地看电视，他的心里比吃了蜜还甜。

第二天，强子会同学、看朋友，燕楠也跟了去，一整天都没见着人影儿，直到很晚才回家。第三天吃完早饭，两个人儿就张罗要走。强子说燕楠带初三毕业班，加课，忙。

老两口儿舍不得儿子走，可儿媳妇要上班，能说啥呢！

村口，德成和淑芬直到把两个孩子盯成一个小黑点儿，这才收回目光，恋恋不舍地往回走。老两口儿垂着头，没了魂儿似的，谁也不说话。

淑芬跟在德成身后，想起自个儿第一回进婆家门儿时，屁股没敢着炕，就一头钻进厨房，得什么干什么。她弄不明白：燕楠这丫头咋连厨房的门儿都不进呢？